눈 위에 쓴다,
사랑한다

청춘에게,

그리고 마음은 청춘인

그대에게

눈 위에 쓴다,
사랑한다

나태주 시집

시공사

시인의 말

청춘을 위하여—아직도 청춘이

청춘을 위하여—아직도 청춘이. 이것이 이 시집의 중심 내용이요 지향점 같은 것이다. 요즘 사람들 용어로 바꾼다면 콘셉트 같은 것이다. 청춘. 글자 뜻 그대로 '푸른 봄'. 그러나 그 푸른 봄의 사람들이 푸른 봄의 사람들이 아니라는 데에 문제가 있다.

언젠들 안 그랬을까마는 청춘의 강물을 건너는 사람들은 한결같이 서툴고 불안하고 때로는 춥고 어둡고 고달플 수가 있다. 그들의 꿈이 턱없이 높고 아스라한 데 비하여 현실이 그것을 만족시켜주지 못하고 받쳐주지 못하기 때문이다.

이를 어쩌나! 바라보는 사람의 눈과 귀에도 그것

은 다만 안쓰럽고 안타까움으로 다가온다. 그쯤에서 응원이 나오고 일말의 위로를 담은 언어가 나오고 동행을 자처하고 싶은 마음이 나오게 마련이다. 청춘아, 너무 많이 힘들어하지 말아라. 같이 가자. 네 곁에 내가 있다.

가까이 숨소리 듣고 가까이 발자국 자박대는 소리를 듣는다. 그러므로 이 시집에 담은 시들은 자발적으로 토해내듯이 쓰인 시들이다. 특별히 다듬거나 의도한 바도 없다. 청춘의 날들을 살아가는 사람들과의 자연스러운 소통과 선한 상호작용이 있었다.

나는 겉으로는 늙어버린 사람이지만 안으로는 여전히 철부지 아이인 사람. 이 시집을 그 아이의 손에 들려주면서 아직도 남은 길을 함께 가자 말해본다. 그런 점에서 이 책은 잃어버린 청춘의 날에 대한 동경과 돌아가고 싶은 그리움을 담은 책이기도 하다.

책이 만들어지는 데 있어서 편집자의 뜨거운 열정과 의도가 있었다. 감사하게 생각하면서 그 감사한 마음을 오래 간직하고자 한다.

청춘이여 건강하라.

청춘이여 아프지 마라.

청춘이여 영원하라.

청춘의 귀에다 대고 속삭인다.

청춘의 손을 잡고 기도한다.

아니 아니, 청춘의 발을 부여잡고 울면서 부탁한다.

멀리 멀리까지 가라.

멀리까지 가서 기어코 승리하라.

2022년 초겨울에
나태주 씁니다.

차례

시인의 말 청춘을 위하여—아직도 청춘이

I 하물며 너인데

하물며 _14
그런 너 _15
벗은 발 _17
먼길 _18
따스한 손 _19
사랑 _20
흐린 날 _21
여름 여자 _23
눈사진 _24
떨림 _25
다시흐린날 _26
입술 _27
희망 _28
사랑 3 _29
믿어다오 _30
네가 아플 때 _31
선물 _32
소망 _33
너의 이름 _34
너 보고 싶은 날 1 _36
아는지 모르겠다 _38
너에게 감사 _40
멀리 있는 너 _42
물든다 _43
금요일 1 _46
언덕 위에 _47
금요일 2 _48
너에게 안녕 _49
사랑이거든 가거라 _51
아이와 작별 _53
꿈속에서 _54
저녁의 시간 _55

꽃피는 시절 _57
바람 때문에 _58
좋아요 _61
약속 _62
파랑치마 _63
언제까지 _64
일상사 1 _66
고마움 _67
슬이에게 _69
겨울 차창 _70
다시 만날 때까지 _72
전언 _73
보고 싶어도 _75
포옹 1 _76
포옹 2 _77
포옹 3 _78
바람이 붑니다 _79
세상에 나와 나는 _81
호명 _83
너의 바다 _85
안부 _86

II 길을 잃었다면

왈칵 _88
빈손의 노래 _89
이유 _94
사는 법 _95
맑은 하늘 _96
스무 살 청춘 1 _97
스무 살 청춘 2 _100
길을 잃을 때 _101
다만 그뿐이야 _103
너라도 있어서 _105
창가에 앉아 _107
은총 _109
이 가을에 _110
제비꽃 연정 _111
거기 _113
제비꽃 연정 2 _114
강변 _115
제비꽃 연정 3 _117

태풍 소식 _118
몽환 _120
여행 _121
너 보고 싶어 _122
명명 _123
네가 없음 _124
휴머니즘 _125
저문 날 _126
기다림 _127
미안해 _128
너 때문에 _129
이별 _130
외로움 _131
생각만으로도 _132
사랑의 방식 _134
창문을 연다 _136
여행 2 _138
너를 좋아한다는 것은 _139
너에게 고마워 _141
들국화 1 _143
보고 싶다 _145
들국화 2 _146
하루만 보지 못해도 _148
너를 알고 난 다음부터 나는 _150
화살기도 _152
기쁨 _153
촉 _154
바로 말해요 _155
너에게 말한다 _157
강물과 나는 _159
가을, 마티재 _162
사랑은 언제나 서툴다 _164
좋다 _166

III 나의 시여

들길을 걸으며 _168
멀리 있는 너를 두고 _170
오늘의 꽃 _171
노래 _172
나의 시에게 _174
아름다운 사람 _175

행복 2 _176
뜻대로 하소서 _177
그리움 1 _178
유월에 _179
가을 마루 _181
너에게 보낸다 _182
어제의 너 _184
알지요 _185
네가 있어 _186
슬이 1 _187
잡목 숲 위로 _188
고마운 일 _190
너의 신비 _191
서로가 꽃 _193
사랑의 기쁨 _194
굴참나무 숲에서 _196
네 앞에서 1 _199
숲속의 말 _200
골목길 _202
보고 싶은 날 _205
이보다 더 좋은 일은 없다 _206
고백 _207
너 보고 싶은 날 2 _209
개구쟁이 화가에게 _211
바람 부는 날 1 _213
너의 총명함을 사랑한다 _215
꿈속의 꿈 _216
기도 _218
초라한 고백 _219
그리움 2 _220
그리움 3 _221
빈자리 _222
산책 _223
섬에서 _224
죽림리 _225
초저녁의 시 _226
여행길 _227
여행자에게 _228
한밤중에 _229
방생 _230
바람이 분다 _232
전화를 걸고 있는 중 _234
눈부신 세상 _236
네 앞에서 2 _237
말랑말랑 _238
숨쉬기 편한 집 _240
개울 길을 따라 _242
묘비명 _244
힘든 날 _245

IV 흔들리며 어깨동무

오늘의 약속 _247
서툰 작별 _249
흔들리며 어깨동무 _251
그리움 4 _253
미루나무 숲길 _255
맨발 _256
좋은 아침 _257
밤비 _258
발에 대한 명상 _259
부산역 _261
오늘 너를 만나 _262
아침의 부탁 _264
여름 _266
예전에 하던 짓 _267
눈 위에 쓴다 _269
저녁에 _270
등 너머로 훔쳐 듣는 대숲바람 소리 _271
광안대교 _273
가을 뜨락 _275
사는 일 _276
붓꽃 _279
한 사람 _281
사진을 찍으며 _282
잠시 만남 _284
숲속에 그 나무 아래 _286
저녁 해 _288
기도한다 _290
내가 너를 _291
뒷모습 _292
더 많이 걱정 _294
핸드폰 _296
서정시인 _298
배회 _299
두 개의 지구 _303
새해 아침의 당부 _304
태풍 다음 날 _306
내일의 소망 _307
너의 발 _309
이십 대 _311
떠나는 봄 _312

V 청춘을 위한 자장가

새로운 별 _315
첫 출근 _316
청춘 앞에 _318
맑은 날 2 _319
미루나무 길 _320
바다를 준다 _322
발을 위한 기도 _323
선물 1 _324
어머니 말씀의 본을 받아 _325
구름이 보기 좋은 날 _328
길거리에서의 기도 _330
갈애 _332
조그만 웃음 _333
봄밤 _335
선물 2 _336
성공한 사람 _338
새사람 _340
어버이날 _342
참말로의 사랑은 _343
능금나무 아래 _344
청춘을 위하여 _345
아침에 일어나 _347
추억에게 _350
억지로 _351
꽃들아 안녕 _353
중학생을 위하여 _354
다시 중학생에게 _356
소년에게 _358
가난한 소망 _360
독서 _362
자기를 함부로 주지 말아라 _364
참나무 숲길 1 _366
참나무 숲길 2 _368
그 아이 _370
젊은 영혼에게 _372
혼자서 _373
가을편지 _374
너를 보낸다 _375
3월에 오는 눈 _376
우리들의 푸른 지구 1 _377
4월 상순 _378
축하 _381
우리들의 푸른 지구 2 _382
우리들의 푸른 지구 3 _383
다짐 _384
외롭다고 생각할 때일수록 _385
청춘을 위한 자장가 _386
사람이 그리운 밤 _388
봄나들이 _390

I

하물며 너인데

하물며

나에겐 시간이 많지 않다
세상에 내가 남아 있을 날이
그리 많지 않다는 말이다

그래도 사람들이 나에게
시간을 달라 그러면
서슴없이 준다

하물며 너에게서랴!
네가 나에게 시간을 달라면
언제든지 아낌없이 주리라

나의 시간보다 네가
나에겐 더 소중한 사람이니까.

그런 너

세상 어디에도 없는
너를 사랑한다

거리에도 없고 집에도 없고
커피잔 앞이나 가로수
밑에도 없는 너를
내가 사랑한다

지금 너는
어디에 있는 걸까?

네 모습 속에 잠시 있고
네 마음속에 잠시 네가
쉬었다 갈 뿐

더 많은 너는 이미 나의
마음속으로 이사 와서
살고 있는 너!
그런 너를 내가 사랑한다
너한테도 없는 너를
사랑한다.

벗은 발

네 벗은 발이 내게
부끄럽지 않을 때까지

내 벗은 발이 또 네게
부끄럽지 않을 때까지

그것이 믿음
또 하나의 사랑

부끄럼도 사랑이고
믿음은 더욱 사랑이기에.

먼길

함께 가자
먼길

너와 함께라면
멀어도 가깝고

아름답지 않아도
아름다운 길

나도 그 길 위에서
나무가 되고

너를 위해 착한
바람이 되고 싶다.

따스한 손

날씨 많이
추워졌다
네 손을 쥐여다오

머플러가 아니고
양말이 아니고
장갑이 아니다

바람까지
많이 쌀쌀해졌다
따스한 손을 좀 잡자

나에게는 이제
네 손이 머플러이고
양말이고 또 장갑이란다.

사랑

하나님은 어떻게 알고
너를 내게 보내주셨을까?

작은 바람에도
두렵게 떨리는 악기

천만리 흘러넘친 비단의
노을 강물

그냥 가슴에 안아본다
거부할 수 없는 세상, 너.

흐린 날

1

오늘은 날씨가

흐린 날

날씨가 흐려도

네가 보고 싶어

맑은 날만 보고 싶다

그랬었는데.

2

너무

멀다

너무

흐리다

목소리라도 좀
들어보자.

여름 여자

걸어가는 게 아니라
춤추는 것 같네

아니야
파랑 호수 맑은 물에
물새 한 마리
헤엄치며 노는 것 같네

아니야 그것도
이슬 하늘, 하늘 바다에
하늘새 한 마리
날아가며 노래하는 것 같네

새빨간 운동화 신고
물방울무늬 여름
찰랑찰랑 원피스 차림.

눈사진

예쁘게 눈썹 내리감고
잠든 모습

카메라로는 도저히 안 되어
눈으로 사진 찍는다

마음에 돌판이라도 있다면
거기에 네 모습 비칠까?

울면서 울면서 네 모습
가슴에 영혼에 아프게 새긴다.

떨림

좋기는 한데
너무 깊게는
들어오지 말아라.

다시흐린날

해가뜨거든
하늘맑거든
하늘길타고
너는오너라

눈부신맨발
이슬신신고
하늘길멀리
바닷길멀리

너또한하늘
너또한바다
구름이되고
파도가되어.

입술

아무래도 크다
너의 웃는 입술이
너무 크다

그래도 예쁘다

젊어서 예쁘고
치렁한 검은 강물
머리칼 아래 예쁘다

그냥 예쁘다.

희망

오늘도 너를 만남이
하루치의 축복이고
기쁨이다

자라다가 만 키
잘록잘록한 팔과 다리
그러나 치렁한 머리칼

내일도 너
다시 만나는 것이
또다시 희망이다

그것이 하루치의
살아 있음의 의미이고
감사이다.

사랑 3

오늘 나는 많이
네 목소리가
듣고 싶었다

들릴 듯
들리지 않을 듯

지구 혼자
돌아가는 소리가
문득 궁금해졌다.

믿어다오

너의 손을 들어
내 볼에 대보아도
괜찮겠니?

너의 손을 잡아
내 가슴에 대보아도
괜찮겠니?

볼이 뜨겁고
가슴이 콩당콩당
뛰고 있을 거야

그게 모두 네가
좋아서 그런 거란다
믿어다오.

네가 아플 때

괜히 또 너를
좋아했나 보다

너를 좋아한 것
후회된다

네가 아프다니까
나도 아파

이것이 또 사랑의
벌인가 한다.

선물

어디서나 산다

언제나 산다

예쁜 것만 보면 산다

사실은 너를 산다

나를 산다

나에게는 이제

네가 선물이다

네가 사는 세상조차

선물이다.

소망

가을은 하늘을 우러러
보아야 하는 시절

거기 네가 있었음 좋겠다

맑은 웃음 머금은
네가 있었음 좋겠다.

너의 이름

윤슬아

윤슬아

소리 내어 부를수록

입술이 부드러워져서

윤슬

윤슬

마음속으로 외울수록

가슴이 따뜻해져서

나는 풀잎

나는 이슬

나는 또 두둥실 하늘을

흘러가는 흰 구름 배

너의 이름 부를수록
조금씩 착한 사람이
될 것만 같아서
아름다운 사람이 또
될 것만 같아서.

너 보고 싶은 날 1

잘 있겠지
잘 있을 거야
문득문득
네가 보고 싶어

버릇처럼
하늘 보고
구름 보고 또
마음을 들여다본다

거기
우물이라도 한 채
있을까?
청동빛 오래된 우물

구름이라도

흐를까?

바람이라도

스칠까?

너의 얼굴이라도

조금

보였음 좋겠다.

아는지 모르겠다

네가 아는지 모르겠다

예쁜 꽃을 보면
너의 얼굴이 떠오르고
흰 구름을 보면
너의 목소리 생각하는 나의
이 어지럼증

네가 아는지 모르겠다

선물 가게 앞을 지날 때면
어김없이 발길이 멎고
기도 시간에도 너의 이름
제일 먼저 부르는
이 어리석음

하나님이 정말 아시는지 모르겠다.

너에게 감사

네 생각만으로도
살아야겠다는
싱그런 결의가 생긴다

네 얼굴
네 목소리
네 이름만 떠올려도
세상은 반짝이는 세상이 되고
아름다운 세상이 된다

풀잎 하나하나
꽃송이 하나하나마다
겹쳐지는 너의 얼굴
떠오르는 너의 목소리

참 이건 아름다운 비밀이고
알 수 없는 요술
그러니 너에게 감사하지
않을 수 없어

날마다 날마다가 아니야
순간순간 감사하지
않을 수 없어.

멀리 있는 너

바람을 안았다 하자
향기를 안았다 하자

차라리
커다란 과일을 안았다 하자

비로소 너를 안게 되는 날
지구를 안은 듯 눈을 감겠네.

물든다

내가 안다
네가 내 앞에서
가장 예쁜 얼굴을 하고
가장 예쁜 눈짓을
보여주고 있다는 것을

내가 안다
네가 나한테는
가장 고운 목소리로 말하고
가장 깨끗한 웃음소리를
들려주고 있다는 것을

그냥 여기 있어도
나는 물든다
물들고 만다

네 예쁜 얼굴에
예쁜 눈짓에

아주 멀리 있어도
나는 무너진다
무너지고 만다
네 고운 목소리에
깨끗한 웃음소리에

나 지금 타고 가는
기차
차창으로 보이는
산과 들과 강물과 하늘은
온통 너이다

더구나 소낙비 잠깐 그치고
거짓말처럼 하늘에 걸린 무지개
저건 분명 너이다
네가 보낸 소식이고
또 하나의 약속

물든다
물들고 만다
물들지 않을 수 없다
여름 들판 초록에 물들고
너한테 물든다.

금요일 1

어제는
목요일

오늘은
금요일

오늘도
너

너만큼
예뻐라.

언덕 위에

강물이 건너다보이는
언덕 위에 둘이서
앉아 있었다

어둠이 찾아올 때까지
너도 말이 없었고
나도 말이 없었다

너무 쓸쓸해하지 마세요
강물이 안아줄 거예요
언젠가는 당신도 반짝이는
영혼을 갖게 될 거예요

밤하늘의 별들이
속삭여줬다.

금요일 2

오늘은 금요일
힘들게 살아온 한 주일
오늘만 견디면 며칠
쉴 수 있다는 사실

그런 생각을 나누며
오늘을 살자
너는 젊고도 새로운 목숨

네가 나를 생각하고
사랑하는 것만큼은 아니지만
나도 너를 생각하고
마음 깊이 사랑한단다.

너에게 안녕

어떻게 지내니? 물어도
힘이 없는 목소리
언제 올 거야? 다시 물어도
글쎄요 심드렁한 말투

힘내라 힘내
우리 공주님
다시 한번 봄이 왔다가
봄이 물러갔지 않았니?

머지않아 여름
덥고 짜증도 나겠지만
힘있게 씩씩하게 살아야지
그래야 다시 만나지

여름에도 만나지 못한다면

가을에라도 만나야지

오늘도 안녕 부디 안녕

흐린 하늘 보고 인사를 한다.

사랑이거든 가거라

사랑이거든 가거라
그가 예쁜 사람이든
예쁘지 않은 사람이든
사랑을 따라서 가거라

사랑이거든 가거라
그가 잘난 사람이든
잘나지 않은 사람이든
사랑과 함께 가거라

진정으로 사랑이거든 가거라
그가 건강한 사람이든
그렇지 않은 사람이든
사랑과 멀리 가거라

가서 둘이서
꽃을 만나라
꽃을 피우고 차라리
둘이서 꽃이 되거라

비록 그것이 잠시
아주 짧은 날이란들 어떠랴
사랑으로 후회 없고
사랑으로 잦아진다면

너희 둘이서
산이 된들 어쩔 것이며
바다가 되어 노을 속으로
저물어버린단들
어쩔 것이냐.

아이와 작별

그래 오늘 나도
네가 예뻐서 좋았다
그래 나도
네가 좋아해서 더 좋았다

그런데 말이다
밥 잘 먹고 잠 잘 자고
더 건강 씩씩해야만 된다
알았지? 정말 알았지?

꿈속에서

많은 사람 가운데
너만 없었다

찾아도 찾아도
끝내 보이지 않았다

꿈이지만 애달팠다
주저앉고 싶었다.

저녁의 시간

해 질 녘 한때는 지향 없이
마음이 서성이는 때

누구라 없이 그립고
보고 싶은 때

하늘도 땅도 한 몸이 되며
진저리칠 때

너는 오늘도 멀리에 있고
나는 또 생각만으로 홀로이 있네

어찌하랴 이 외로움
흘러넘치는 비애의 강물

불현듯 보고 싶어

전화 걸어도 받지를 않네.

꽃피는 시절

사랑한다 얘야
너만큼은 아니지만
나도 너를 사랑한단다

바람이 불어오자
연꽃이 살랑살랑
고개를 흔들었다

연꽃은 분홍빛
바람은 초록빛
연잎도 따라서 출렁였다.

바람 때문에

아침에 잠 깨어보니
마당 위에 길바닥에
흩어진 꽃잎, 꽃잎

흐린 하늘 등에 지고
흐드러진 복사꽃
벚꽃, 벚꽃

꽃잎 때문에
눈물 난 것이 아니란다
바람 때문에

꽃잎 뒤에 꽃나무 뒤에
어른대는 바람 때문에
네 향기 때문에

눈가에 눈물이
조금 번진 거란다
그것도 아니야

바람이 데리고 오는
네 생각 때문에
눈물이 조금 번진 것뿐이란다.

*

올해도 이렇게
쓸쓸히 허전하게
봄날이 가네

네 얼굴 한 번
보지도 못하고

봄날이 저무네

나 어찌할까 몰라.

좋아요

좋아요
나도 좋아요

좋아요
꽃펴요

나도
꽃펴요.

약속

내일
그 애를 다시 만나기로 했다

얼른 보고 싶어
조바심

오늘이 내일이었음
좋겠다.

파랑치마

비 오는 날에 파랑치마
태풍 속에 파랑치마
파랑 하늘 그리워

우울한 날에 파랑치마
슬픈 날에도 파랑치마
넓고 푸른 바다 보고파

나비 나비 날아라
파랑 하늘 날아라
넓은 바다 날아라

하늘 같은 파랑 마음
바다 같은 넓은 마음
보고파 네가 보고파.

언제까지

네 모습 보기만 해도
찌릿하니 아린 가슴

네 목소리 듣기만 해도
화들짝 놀라는 마음

내 마음은 네가 피우는 꽃
네가 빗장 열어주는 하늘

흰 구름 흘러가고
바람 지나가고

온갖 어지러운 생각들
찾아왔다가 떠나가고

내가 언제까지 네 앞에서

이럴라나 모르겠다.

일상사 1

전화해도 받지 않고
카톡 보내도 읽지 않네
무슨 일 있을까
별일 없겠지
그래 별일 없을 거야
오늘도 하루 조마조마
별일 없기를 무사하기를
빌어본다 마음해본다
너를 위해 나를 위해서.

고마움

아무리 힘들어도 오늘 하루
너 때문에 참는다
네 생각으로
하루를 견딘다

더운 날 덥다 덥다 그래도
네 생각 가슴에 담으면
더위가 가시고

추운 날 손이 시리고
볼이 시려도
네 생각 가슴에 품으면
추위도 풀린다

오늘 하루도

네 생각으로 하루를 견딘다

하루가 아름답고 그림 같다

고마워.

슬이에게

너는 몸이 예쁘고 마음도 예쁘다
말랑말랑하고 한없이 부드럽고 깊다
향기롭기까지 하다
넓은 들판과 같고 유연한 강물과 같다
바다와도 같다
아니, 작은 바람에도 울리는 좋은 악기이다
너의 몸을 울리고 싶다
너의 마음을 울리고 싶다
세상에는 없는 꽃이 피어나고
세상에는 없는 소리가 나겠지
나의 몸도 잠시 예뻐지고 나의 마음도 예뻐진다
고마운 일이다.

겨울 차창

너의 생각 가슴에 안으면
겨울도 봄이다
웃고 있는 너를 생각하면
겨울도 꽃이 핀다

어쩌면 좋으냐
이러한 거짓말
이러한 거짓말이 아직도
나에게 유효하고
좋기만 한 것

지금은 이른 아침
청주 가는 길
차창 가에 자욱한 겨울 안개
안개 뒤에 옷 벗은

겨울나무들

왜 오늘따라 겨울 안개와

겨울나무가 저토록 정답고

가슴 가까이 다가오는 것이냐.

다시 만날 때까지

미쳤지
금방 만나고 헤어졌는데도
자꾸만 돌아다 보이는 마음
헤어진 자리로 돌아가고 싶은 마음
그래도 정신 차리고 잘 돌아가야지
보고 싶은 마음 잘 데리고
돌아가야지
그래야 다음에 또 만나지.

전언傳言

잘 지내?

집에서 잘 지내지?

문 열면 산도 보이고

들도 보이고 강물도 보여?

그러면 거기서 잘 지내기 바래

밤이면 새삼 달이 밝고

빛나는 별도 보인다고?

그러면 됐네

거기서 잘 지내

별빛과 함께 달빛과 함께

거기서 잘 지내

나도 여기서 잘 지낼 거야

그러나 너무 오래 못 봐서

얼굴 잊어버리겠어 가물가물

전화로 목소리라도 좀 들려줘
너무 네가 보고 싶어
마음이 많이 힘들어
알았지?

보고 싶어도

보고 싶어도 참는다
오늘, 내일, 그리고 내일

그렇게 참아서 한 달이 되고
봄이 되고 여름 되고
가을도 된다

이제는 네가 오늘이고
내일이고 또 봄이고
여름이고 가을

아니다 하늘의 별이 너이고
나무들이 온통 너이고
길가에 피는
풀꽃 하나조차 너이다.

포옹 1

눈을 감겠어요
그래도 당신 모습 보여요

귀를 막겠어요
그래도 당신 음성 들려요

아무런 생각도 하지 않겠어요
그래도 당신 생각 가득해요.

포옹 2

널 안은 채
쓰러지리
통나무가
쓰러지듯
꽈당!
쓰러져서
온몸에
멍이 들리
마음에도
달무리 같은
멍이 들고 말리.

포옹 3

춥다
가까이 오라

자꾸만 몸을 뒤채지 마라
창밖에 바람이 불어요

아니야
마음속으로 바람이 지나가는 거야.

바람이 붑니다

바람이 붑니다
창문이 덜컹댑니다
어느 먼 땅에서 누군가 또
나를 생각하나 봅니다

바람이 붑니다
낙엽이 굴러갑니다
어느 먼 별에서 누군가 또
나를 슬퍼하나 봅니다

춥다는 것은 내가 아직도
숨 쉬고 있다는 증거
외롭다는 것은 앞으로도 내가
혼자가 아닐 거라는 약속

바람이 붑니다

창문에 불이 켜집니다

어느 먼 하늘 밖에서 누군가 한 사람

나를 위해 기도를 챙기고 있나 봅니다.

세상에 나와 나는

세상에 나와 나는
아무것도 내 몫으로
차지하려 하지 않았습니다

꼭 갖고 싶은 것이 있었다면
푸른 하늘빛 한 쪽
바람 한 줌
노을 한 자락

더 욕심을 부린다면
굴러가는 나뭇잎새
하나

세상에 나와 나는
어느 누구도 사랑하는 사람으로

간직해두고 싶지 않았습니다

꼭 사랑하는 사람이 있었다면
단 한 사람
눈이 맑은 그 사람
가슴속에 맑은 슬픔을 간직한 사람

더 욕심을 부린다면
늙어서 나중에도 부끄럽지 않게
만나고 싶은 한 사람
그대.

호명

순이야, 부르면
입속이 싱그러워지고
순이야, 또 부르면
가슴이 따뜻해진다

순이야, 부를 때마다
내 가슴속 풀잎은 푸르러지고
순이야, 부를 때마다
내 가슴속 나무는 튼튼해진다

너는 나의 눈빛이
다스리는 영토
나는 너의 기도로
자라나는 풀이거나 나무거나

순이야, 한 번씩 부를 때마다
너는 한 번씩 순해지고
순이야, 또 한 번씩 부를 때마다
너는 또 한 번씩 아름다워진다.

너의 바다

바라만 봐도
쓰러질 듯
생각만 해도
안겨올 듯

오늘은 나도 와락
너를 향해 쓰러지는
조그만 바다가
되어볼까 그런다.

안부

오래
보고 싶었다

오래
만나지 못했다

잘 있노라니
그것만 고마웠다.

II

길을 잃었다면

왈칵

태풍속에

파랑치마

반가워서

나도몰래

엎질러진

바다물빛

어찌하면

좋겠느냐

맑은하늘

하얀구름

나혼자서

꿈꾼단다.

빈손의 노래

1

가을에는 빈 뜨락을
거닐게 하소서

맨발 벗은 구름 아래
괴벗은* 마음으로
주머니에 손을 찌르고 들길을 돌아와
끝내 빈손이게 하소서

가을에는 혼자 몸져 앓아누워
담장 너머 성한 사람들 떠드는 소리
귀동냥해 듣게 하소서

무너져 내린 꽃밭 귀퉁이
아직도 분명 불타고 있을 사루비아꽃 대궁이에

황량히 쌓이고 있을
이국의 햇볕이나
속맘으로 요량해보게 하소서.

2
들판이 자꾸 남루를
벗기 시작하는데,
나무들이 자꾸 그 부끄러운 곳을
드러내 보이기 시작하는데,

내 그대 위해 예비한 건
동산 위에 밤마다 솟는
저 임자 없는 달님뿐이다
새로 바른 문풍지에 새어나오는
저 아슴한 불빛 한 초롱뿐이다

누군가의 어깨가 어둠 속으로 사라져가는데,
누군가의 발자국이 어둠 속에서 돌아오는데,

이 가을 다 가도록
그대 위해 예비한 건
가늘은 바람 하나에도 살아 소근대는
대숲의 저 작은 노래뿐이다

아침마다 산에 올라
혼자 듣다 돌아오는
키 큰 소나무
머리칼 젖은 송뢰뿐이다.

3

애당초 아무것도
바라지 말았어야 했던 걸 모르고
너무 많은 걸 꿈꾸다가
너무 많은 걸 찾아다니다가
아무것도 찾지 못하고 만
이제 또 가을

문지방에 풀벌레 소리
다 미쳐 왔으니
염치없는 손으로
어느 들녘에 가을걷이하러 갈까?

허나, 더 늦기 전에
나도 들로 내려

드디어 낭자히 풀벌레 소리 강물 된 옆에
실개천 물소리 되어 따라 흐르다가
허리 부러진 햇살이나
주머니에 가득 담아가지고
한나절 흥얼흥얼 돌아올거나

오는 길에 그래도
해가 남으면
산에 올라 들국화 몇 송이 꺾어 들고
저승의 바닷비린내 묻어오는
솔바람 소리나 두어 마지기 빌려다가
내 작은 뜨락에
내 작은 노래시켜볼거나.

*괴볏은 : '헐렁한, 풀어진 듯한'의 뜻.

이유

네 눈이 그리도 이뻤던 것은
가을 햇빛 탓이었을 것이다

네 눈이 그리도 맑았던 것은
가을바람 탓이었을 것이다

아니다 우리 앞에 이별의 시간이
다가왔기 때문이다

눈물이 하늘 강물이 너의 눈을
더 이쁘게 맑게 보이도록 했던 것이다.

사는 법

그리운 날은 그림을 그리고
쓸쓸한 날은 음악을 들었다

그러고도 남는 날은
너를 생각해야만 했다.

맑은 하늘

하늘이 너무 맑아
눈물이 나려고 한다

네가 너무 예뻐
눈물이 나려고 한다

아니다

내가 너무 불쌍해서
눈물이 나려고 한다.

스무 살 청춘 1

누가 뭐래도 너는
젊은 지구
푸르게 숨 쉬고
푸르게 꿈을 꾸는
젊은 지구

여린 햇살이라 할까
새로 피어난
나무 잎사귀
야들야들한
꽃잎이라 할까

아니야 너는
푸르른 하늘의 속살
숨결만 스쳐도

자죽이 날 것 같고
손길만 닿아도
상처가 날 것 같은

그 무엇으로도
때 묻지 않고
그 무엇으로도
다스려지지 않는
젊은 염원
뜨거운 시선

앞으로도 오래
길들여지지 말거라
부디 지치지 말거라
힘들어도 네 길을

홀로이 가거라.

스무 살 청춘 2

오늘도 힘들었지?
어깨가 무겁고
다리가 후들거렸지?

그래
그래
애썼다 고생했다

오늘도 수고한 만큼
네가 예쁘다
자랑스럽다.

길을 잃을 때

사막에서나 숲속에서만
길을 잃는 것이 아니다
멀리, 오래 가다 보면
어떠한 인생에서도
길을 잃을 때가 있다

생각해보자
내내 믿고 따라온 길이 사라졌다?
아뜩, 당황스럽고
절망이 되기도 할 것이다
그런 때 어찌해야 할까?

저 스스로 길을 찾아야 하고
저 스스로 길이 되어야 한다
지금까지의 인생은 남의 인생이고

그때부터가 진짜 자기의 인생이다

그렇다면 길을 잃어버린 것은
결코 잘못된 것이 아니다
오히려 잘된 일이고 하나의
축복이고 감사다
겁먹지 마라

길을 가다가 길이 사라졌을 때
길을 잃었을 때 거기서부터가
너의 길이다
너의 삶이고 네가 만들어야 할 길
너의 길이다.

다만 그뿐이야

믿어봐 믿어줘봐 네 자신 안에 있는 너를 네가 먼저 믿어줘봐

모든 일이 잘 될 거야 좋아질 거야

웃어봐 웃어줘봐 너 자신 안에 있는 너에게 네가 먼저 웃어줘봐

모든 일이 잘 될 거야 좋아질 거야

다른 사람들 뭐라든 무슨 상관이야 뭘 어쩌겠다는 거야 도움이 안 돼

너는 너이고 그들은 그들일 뿐이야 상관없어

사랑해봐 사랑해줘봐 네 자신 안에 있는 너를 네가 먼저 사랑해줘봐

모든 일이 잘 될 거야 좋아질 거야

그게 답이야 그것이 옳은 거야 그뿐이야

오늘은 날이 맑고 바람 불어

멀리 떠나고 싶은 날

멀리 사는 얼굴 모르는 사람조차 보고 싶은 날 그리운 날

다만 그뿐이야.

너라도 있어서

오늘까지만 슬퍼하고
내일은 슬퍼하지 말자
오늘까지만 괴로워하고
내일은 괴로워하지 말자

내가 나에게 주문을 걸어보고
내가 내 어깨를 쓰다듬으며
위로해본다

내일은 분명 좋은 해가 뜰 거야
좋은 바람이 불어줄 거야

나는 지금 서울의 한구석
어둑한 찻집의 한구석

젊은 아이들 떠드는 소리를 들으며
너를 생각하고 있는 중이다

이런 때 생각나는 이름 하나
너라도 있어서
얼마나 다행한 일이냐…….

창가에 앉아

온종일 창가에 서서
네 생각 하나로 날이 저문다

물오르는 나무들
초록불 활활 타오르는
나무들을 바라보며

나 또한
물오른 나무,
초록 불 활활
타오르는 나무라 치자

가슴속에 눈빛에
팔과 다리에
푸우런 풀빛 물드는

한 그루 나무라 치자.

은총

귀한 성일
귀한 예배
성당에 가서 나를 위해
손 모아 기도하겠다는
아이

내가 어찌 네 기도를
감당하랴
하나님, 이 아이의 기도에
무엇이라 답하시겠습니까!

아이야
네 기도 앞에
내가 무릎 꿇는다.

이 가을에

아직도 너를

사랑해서 슬프다.

제비꽃 연정 1

멀리서 바라보고
있기만 해도 좋아
가끔 목소리
듣기만 해도 좋아

그치만 아이야
너무 가까이
오려고 애쓰지는 말아라
오늘은 바람이 많이 불고
하늘까지 높은 날

봄날이라도 눈물
글썽이는 저녁 무렵
나는 여기 잠시
너 보다가 날 저물면

돌아갈 사람이란다.

거기

거기가
가고 싶은 사막

거기가
울고 싶은 사막

거기가
죽고 싶은 사막

너의 발아래
바로 거기.

제비꽃 연정 2

바람 뒤에
숨었구나

구름 뒤에
숨었구나

아니야
꽃잎 뒤에 숨었네

어떻게 찾지?
어떻게 만나지?

두리번거리는
나를 좀 찾아다오.

강변

모처럼 바람이 좋구나
우리 손 잡고 멀리 가자
잡은 손 놓지 말고
멀리까지 가보자

사람들이 보고 있어요
그러면 등 뒤로 잡은 손
숨기고 가야지
그래도 바람이 보고 있어요

손을 잡고서도 그리운 마음
얼굴 보고서도 보고픈 마음
강물에게나 실어 보내자
바람에게나 날려 보내자

오늘따라 바람 좋은 날

강물도 좋은 날

못 만나는 사이 네가 많이

예뻐졌구나.

제비꽃 연정 3

너를 생각하기만 해도
마음이 짠해진다

너를 만나도 여전히
마음이 조인다

목소리 듣기만 해도
목이 말라지는 마음

나는 왜 네 곁을
떠나지 못하는 거냐!

태풍 소식

멀리멀리 바다에서
태풍이 온다는 소식
끔찍하고도 무섭지만

태풍 속에 묻어오는
너의 숨소리
머언 바다 거친 바다
함께 너의 숨소리

두렵고도 반가워
내가 오늘도 살아서
숨 쉬는 사람인 것 고맙고
너를 사랑하는 것 고마워

비바람 속에서도 꼿꼿이

고개 들고 서 있는

백일홍꽃 붉은 꽃

눈여겨보고 또다시 본단다.

몽환夢幻

만지기만 해도
손바닥에 묻어날 것 같은
꿈

안기만 해도
개울물 되어 스러질 것 같은
몸

눈을 감으면 보이고
눈을 뜨면 보이지 않으니
이걸 어쩜 좋단 말이냐!

여행

애기해드리고 싶어요
나 먼 데 갔다 왔거든요

새로운 것도 많이 보고
잃어버린 나를
찾아오기도 했거든요.

너 보고 싶어

창문 여니 맑은 하늘
뭐가 보이니?

나뭇잎을 흔들고 가는 바람
하늘 위에 흐린 구름 몇 송이

너 보고 싶어 내가 보낸
내 마음의 자취 한 자락이야

멀리서도 들리는 새 울음소리
일찍 찾아와서 우는 여름의 철새

너 보고 싶어 내가 보낸
그건 내 마음의 소식, 들어나 다오.

명명命名

말이나 눈빛이 아니고
느낌만으로 생각만으로도
끌려오는 너는
누구냐?

자청하여 바다가 되고
하늘이 되기도 하는 파랑
아니면 초록

나는 오늘 너를
사랑이라 이름한다.

네가 없음

어차피 5월
창밖에 손님처럼 찾아와
서성이는 붓꽃

찰랑찰랑 물이 올라
하늘 파랑 그 너머
깊은 바다, 다시 물빛

그 위로 쏟아지는
애기똥풀꽃 빛
샛노랑 꾀꼬리 울음

모든 세상에 오직
여기 하나 없는 사람
너.

휴머니즘

사람과 나무가 맞섰을 때
나는 나무 편

두 사람이 싸울 때
나는 지는 사람 편

두 마리의 짐승이 싸울 때도
나는 지는 짐승 편

너와 내가 맞섰을 때도
할 수만 있다면
나는 네 편.

저문 날

슬이야 슬이야
이름만 불러도 나는
마음이 부드러워져

윤슬 윤슬
생각만 해도 나는
마음이 밝아져

태풍 속에 기차 타고
멀리 갔던 마음 좀처럼
돌아오려 하지 않는데

오늘도 하루 이렇게
더듬거리며
날이 저무는데.

기다림

어떻게 하자는 것이 아니다

그냥 보고 싶다는 것이고
그냥 생각난다는 것이고
그냥 네 생각만으로
한자리 오래 한자리
앉아 있고 싶다는 것이다

너는 도대체 나에게
행운이었던 거냐?
우연이었던 거냐?

미안해

일없이 얼굴 보고 싶고
일없이 목소리 듣고 싶고
일없이 이야기하고 싶고

금방 보았는데 또 보고 싶고
금방 전화 끊었는데 또 걸고 싶고

참 미안해
너에게 미안해
힘들게 해서 미안해.

너 때문에

근심은
사람을 나이 들게 하고

슬픔은
사람의 살을 마르게 한다

그런데, 그런데 말이다
그 모든 것들이

바로 너 때문에 그런데
이걸 나는 어쩌면 좋으냐.

이별

있네
있네
아직도 있네
웃는 얼굴

없네
없네
금방 없네
우는 얼굴.

외로움

맑은 날은 먼 곳이 잘 보이고
흐린 날은 기적소리가 잘 들렸다

하지만 나는 어떤 날에도
너 하나만 보고 싶었다.

생각만으로도

그 애와 헤어져 혼자인 시간
그 애 생각만 해도
가슴이 찌릿하니 아프다

언젠가는 더 오래
그 애를 못 보고 살 날이 있을 것이다
생각만으로도 가슴이 아릿하다

아주 그 애를 영영 못 보고
살 날이 있을지도 모른다
생각만으로도 가슴이 까마득하다

그 애를 안 보고서도
나는 살 수 있을 것인가?
이것은 앞으로 내가 풀어야 할

힘든 과제이고 넘어야 할 산이다.

사랑의 방식

나는 이제 너하고
영원한 사랑을
약속할 수는 없다
이 세상 끝까지라고
말하진 못한다

다만 오늘까지
너를 생각하고
지금 이 순간만은
온전하고도 슬프게
너를 사랑할 수 있다고
자신 있게 말한다

이것이 오늘 나의
최선이다

나의 사랑의 방식이다.

창문을 연다

나는 지금 창문을 연다
창문을 열고
어두운 밤하늘의 별들을 본다

밤하늘에 빛나는 별들
그 가운데에서 제일로
예쁜 별 하나를 골라 나는
너의 별이라고 생각해본다

별과 함께 네가
내 마음속으로 들어온다
내 마음도 조금씩
밝아지기 시작한다

나는 이제 혼자라도

혼자가 아니다
우리는 멀리 헤어져 있어도
헤어져 있는 게 아니다

밤하늘 빛나는 별과 함께
너는 빛나는 별이다
너의 별을 따라 나도 또한
빛나는 별이다.

여행 2

떠나온 곳으로 다시는
돌아갈 수 없다는 걸 알기까지는
많은 시간이 필요했다.

너를 좋아한다는 것은

내가 너를 좋아하는 것은
실은
내가 나를 좋아한다는 말이다

내가 너를 그리워한다는 것은
실은
내가 나를 그리워한다는 말이다

내가 너를 두고 외로워한다는 이것은
실은
내가 나를 두고 외로워한다는 말이다

내가 너를 사랑한다는 이것은
실은

내가 나를 사랑한다는 말이다

내가 너를 떠난다는 이것은
실은
내가 나를 떠난다는 말이다

내가 너를 포기한다는 이것은
실은
내가 나를 포기한다는 말이다.

너에게 고마워

너에게 고마워
나는 언제나 마음속으로
생각하고 그리워하는
사람이 없으면
살지 못하는 사람

지금은 네가 바로 그 사람이야
네 생각으로 하루하루를 살아
아니 하루하루를 견뎌

사람에겐 누구나
마음을 내려놓을 곳이 필요하고
마음을 맡길 사람이 있어야 하거든

네가 사는 곳이

내가 마음을 내려놓을 곳이고
멀리서 사는 네가 바로
마음을 맡길 사람이야

맡길 곳 없는 마음
맡아줘서 고마워
너에게 고마워.

들국화 1

바람 부는 등성이에
혼자 올라서
두고 온 옛날은
생각 말자고,
아주아주 생각 말자고

갈꽃 핀 등성이에
혼자 올라서
두고 온 옛날은
잊었노라고,
아주아주 잊었노라고

구름이 헤적이는
하늘을 보며
어느 사이

두 눈에 고이는 눈물
꽃잎에 젖는 이슬.

보고 싶다

보고 싶다,
너를 보고 싶다는 생각이
가슴에 차고 가득 차면 문득
너는 내 앞에 나타나고
어둠 속에 촛불 켜지듯
너는 내 앞에 나와서 웃고

보고 싶었다,
너를 보고 싶었다는 말이
입에 차고 가득 차면 문득
너는 나무 아래서 나를 기다린다
내가 지나는 길목에서
풀잎 되어 햇빛 되어 나를 기다린다.

들국화 2

1

울지 않는다면서 먼저
눈썹이 젖어

말로는 잊겠다면서 다시
생각이 나서

어찌하여 우리는
헤어지고 생각나는 사람들입니까?

말로는 잊어버리마고
잊어버리마고……

등피
아래서.

2

살다 보면 눈물 날 일도

많고 많지만

밤마다 호롱불 밝혀

네 강심江心에 노를 젓는

나는 나룻배

아침이면

이슬길 풀섶길 돌고 돌아

후미진 곳

너 보고픈 마음에

하얀 꽃송이 하날 피웠나 부다.

하루만 보지 못해도

하루만 보지 못해도
무슨 일이 있지나 않을까……
네가 나를 아주 잊어버리지나
않았을까……

길모퉁이 담장 아래에도
너는 서 있고
공원의 나무 아래 벤치에도
너는 앉아 있고

오가는 사람들의 물결 속에도
너는 섞여 있고
길거리 밝은 불빛 속에서도
너는 웃으면서 내게로 온다

아, 그러나

너는 언제나 내 앞에 없었다.

너를 알고 난 다음부터 나는

너를 알고 난 다음부터 나는
잠을 자도
혼자 잠을 자는 것이 아니라
너와 함께 잠을 자는 것이요,

너를 알고 난 다음부터 나는
길을 걸어도
혼자 걷는 것이 아니라
너와 함께 걷는 것이요,

너를 알고 난 다음부터 나는
달을 보아도
혼자 바라보는 달이 아니라
너와 함께 바라보는 달이다

너를 알고 난 다음부터 나는
노래를 들어도
혼자 듣는 노래가 아니라
너와 함께 듣는 노래이다.

화살기도

아직도 남아 있는 아름다운 일들을
이루게 하여 주소서
아직도 만나야 할 좋은 사람들을
만나게 하여 주소서
아멘이라고 말할 때
네 얼굴이 떠올랐다
퍼뜩 놀라 그만 나는
눈을 뜨고 말았다.

기쁨

난초 화분의 휘어진
이파리 하나가
허공에 몸을 기댄다

허공도 따라서 휘어지면서
난초 이파리를 살그머니
보듬어 안는다

그들 사이에 사람인 내가 모르는
잔잔한 기쁨의
강물이 흐른다.

촉

무심히 지나치는
골목길

두껍고 단단한
아스팔트 각질을 비집고
솟아오르는
새싹의 촉을 본다

얼랄라
저 여리고
부드러운 것이!

한 개의 촉 끝에
지구를 들어 올리는
힘이 숨어 있다.

바로 말해요

바로 말해요 망설이지 말아요
내일 아침이 아니에요 지금이에요
바로 말해요 시간이 없어요

사랑한다고 말해요
좋았다고 말해요
보고 싶었다고 말해요

해가 지려고 해요 꽃이 지려고 해요
바람이 불고 있어요 새가 울어요
지금이에요 눈치 보지 말아요

사랑한다고 말해요
좋았다고 말해요
그리웠다고 말해요

참지 말아요 우물쭈물하지 말아요
내일에는 꽃이 없어요 지금이에요
있더라도 그 꽃은 아니에요

사랑한다고 말해요
좋았다고 말해요
당신이 오늘은 꽃이에요.

너에게 말한다

네가 나를 좋아한다고 말할 때
나는 너를 좋아하지 않는다고 말하리

네가 나를 사랑한다고 말할 때
나는 너를 사랑하지 않는다고 말하리

네가 나 없이는 세상을 살 수 없다고 말할 때
나는 너 없이도 세상을 살아갈 수 있다고 말하리

네가 내 생각하느라 밤잠을 설쳤다고 말할 때
나는 꿈속에서도 너를 만나지 못했다고 말하리

네가 나를 그리워했다고 말할 때
나는 너를 그리워하지 않았다고 말하리

그러나 어느 날 갑자기
네가 내 곁을 떠나겠다고 말할 때
나는 비로소 조용히 고개를 떨구리.

강물과 나는

맑은 날
강가에 나아가
바가지로
강물에 비친
하늘 한 자락
떠올렸습니다

물고기 몇 마리
흰 구름 한 송이
새소리도 몇 움큼
건져 올렸습니다

한참 동안 그것들을
가지고 돌아오다가
생각해보니

아무래도 믿음이
서지 않았습니다

이것들을
기르다가 공연스레
죽이기라도 하면
어떻게 하나

나는 걸음을 돌려
다시 강가로 나아가
그것들을 강물에
풀어 넣었습니다

물고기와 흰 구름과
새소리 모두

강물에게

돌려주었습니다

그날부터

강물과 나는

친구가 되었습니다.

가을, 마티재

산 너머, 산 너머란 말 속에는
그리움이 살고 있다
그 그리움을 따라가다 보면
아리따운 사람, 고운 마을도
만날 수 있을 것만 같다

강 건너, 강 건너란 말 속에는
아름다움이 살고 있다
그 아름다움을 따라나서면
어여쁜 꽃, 유순한 웃음의 사람도
만날 수 있을 것만 같다

살기 힘들어 가슴 답답한 날
다리 팍팍한 날은 부디
산 너머, 산 너머란 말을 외우자

강 건너, 강 건너란 말도 외우자

그러고서도 안 되거든
눈물이 날 때까지 흰 구름을
오래도록 우러러보자.

사랑은 언제나 서툴다

서툴지 않은 사랑은 이미
사랑이 아니다
어제 보고 오늘 보아도
서툴고 새로운 너의 얼굴

낯설지 않은 사랑은 이미
사랑이 아니다
금방 듣고 또 들어도
낯설고 새로운 너의 목소리

어디서 이 사람을 보았던가……
이 목소리 들었던가……
서툰 것만이 사랑이다
낯선 것만이 사랑이다

오늘도 너는 내 앞에서
다시 한 번 태어나고
오늘도 나는 네 앞에서
다시 한 번 죽는다.

좋다

좋아요
좋다고 하니까 나도 좋다.

III 나의 시여

들길을 걸으며

1

세상에 와 그대를 만난 건

내게 얼마나 행운이었나

그대 생각 내게 머물므로

나의 세상은 빛나는 세상이 됩니다

많고 많은 사람 중에 그대 한 사람

그대 생각 내게 머물므로

나의 세상은 따뜻한 세상이 됩니다.

2

어제도 들길을 걸으며

당신을 생각했습니다

오늘도 들길을 걸으며

당신을 생각했습니다

어제 내 발에 밟힌 풀잎이

오늘 새롭게 일어나

바람에 떨고 있는 걸

나는 봅니다

나도 당신 발에 밟히면서

새로워지는 풀잎이면 합니다

당신 앞에 여리게 떠는

풀잎이면 합니다.

멀리 있는 너를 두고

이렇게 좋은 날씨에
이렇게 좋은 신록을 앞에 두고
내 옆에 네가 있었다면
얼마나 좋았을까?

네가 없음으로 하여 나는
이토록 빛나는 외로움과
슬픔을 갖거니와
멀리 있는 사람아,

나 혼자 가진
이 외로움과 슬픔 또한
네가 나에게 준
값비싼 선물이겠네.

오늘의 꽃

웃어도 예쁘고
웃지 않아도 예쁘고
눈을 감아도 예쁘다

오늘은 네가 꽃이다.

노래

노래는 어디에서 오는가?
마을에서도 변두리
변두리에서도 오두막집
어둠 찾아와
창문에 불이 켜지고
나무 아래 내어다놓은 들마루
그 위에 모여앉아 떠들며
웃으며 노는 아이들

—거기에서 온다

노래는 어디에서 오는가?
한길에서도 오솔길
오솔길이 가다가 발을 멈춘 곳
도란도란 사람들 목소리

들려오는 오두막집
개구리래도 청개구리
따라서 노래 부르는 들창

—거기에서 온다.

나의 시에게

한때 나를 살렸던
누군가의 시들처럼

나의 시여, 지금
다른 사람에게로 가서

그 사람도
살려주기를 바란다.

아름다운 사람

아름다운 사람
눈을 둘 곳이 없다
바라볼 수도 없고
그렇다고 아니 바라볼 수도 없고
그저 눈이
부시기만 한 사람.

행복 2

어제 거기가 아니고
내일 저기도 아니고
다만 오늘 여기,
그리고 당신.

뜻대로 하소서

주여, 저는 사랑하고
괴로워하나이다
괴로워하고 또
사랑하나이다

장독대에 즐비한
장독들
가운데서도 금이 가고
귀 떨어진 소금항아리,

고쳐 쓰시든지
버리시든지
뜻대로 하소서.

그리움 1

햇빛이 너무 좋아
혼자 왔다 혼자
돌아갑니다.

유월에

말없이 바라
보아주시는 것만으로도 나는
행복합니다

때때로 옆에 와
서주시는 것만으로도 나는
따뜻합니다

산에 들에 하이얀 무찔레꽃
울타리에 덩굴장미
어우러져 피어나는 유월에

그대 눈길에
스치는 것만으로도 나는
황홀합니다

그대 생각 가슴속에
안개 되어 피어오름만으로도
나는 이렇게 가득합니다.

가을 마루

오래된 마루 위에서
너의 맨발을 보았다

그것도 시든 꽃다발
앞에 모아진 맨발

돌아가
나는

너의 알몸을 보았다 하고
너의 영혼을 만졌다 하리라.

너에게 보낸다

하늘이 좋다
구름이 좋다
맑은 하늘
맑은 마음
너에게 보낸다

나 여기 있다
너도 거기 잘 있어라
우리는 가끔씩
안부가 필요하다
소식이 필요하다

하늘이 좋다
바람이 좋다
이 좋은 바람

이 좋은 하늘

너에게 보낸다.

어제의 너

—할 말이 너무 많아 말을 삼킨다

얼마나 네가 예뻤는지
얼마나 네가 사랑스러웠는지
너는 차마 몰랐을 거다

하늘이 내려다보았겠지
나무들이 훔쳐보고
바람도 곁눈질로 보았겠지

너는 그냥 그대로 가을꽃
맑은 바람에 피어 있는
가을꽃 한 송이였단다.

알지요

말하지 않아도 알지요
사랑한다고
사랑한다고

눈빛만 보아도 알지요
사랑했다고
사랑했다고

표정만 보아도 알지요
사랑할 것이라고
사랑할 것이라고.

네가 있어

바람 부는 이 세상
네가 있어 나는 끝까지
흔들리지 않는 나무가 된다

서로 찡그리며 사는 이 세상
네가 있어 나는 돌아앉아
혼자서도 웃음 짓는 사람이 된다

고맙다
기쁘다
힘든 날에도 끝내 살아남을 수 있었다

우리 비록 헤어져
오래 멀리 살지라도
너도 그러기를 바란다.

슬이 1

사람이 꽃 같네
옛말

오늘 나는
고쳐 말하네

꽃이
사람이 되었네.

잡목 숲 위로

먹구름 야드레한
연초록 물이 오르는
잡목 수풀 위

하늘 가득 먹물 빛
엷게 풀어 붓칠해놓은 듯한
먹구름

부디 저 구름이
새로 싹트고 순이 나는
어린 생명을
더욱 어리고 사랑스러운
생명으로 가꾸는 구름이기를

빌어본다

마음의 손을 길게 뻗어

쓰다듬어본다

예쁘다 예뻐

너도 반갑다 반가워.

고마운 일

시를 주는 아이가 있었다

언제나 그런 건 아니지만
살아가다가 가끔은
시를 주는 아이를 만나곤 했다

지금은 네가 나에게
시를 주고 있는 아이
다만 나는 네가 주는 시를
공손히 받기만 하면 된다

고마운 일이다.

너의 신비

아름답다
네가 아름답다
말하면
내 가슴에도 발그스름
등불 하나 켜진다

사랑한다
너를 사랑한다
속삭이면
내 가슴에도 초록의
씨앗 하나 싹튼다

그래서 나도
발그스름 따스한
등불 같은 사람이

되고 싶어 한다

그래서 나도
어여쁜 초록의
나무 같은 사람이
되고 싶어 한다

보아라
웃고 있는 내 마음의 등불
보아라
기지개 켜고 있는
내 마음의 나무.

서로가 꽃

우리는 서로가
꽃이고 기도다

나 없을 때 너
보고 싶었지?
생각 많이 났지?

나 아플 때 너
걱정됐지?
기도하고 싶었지?

그건 나도 그래
우리는 서로가
기도이고 꽃이다.

사랑의 기쁨

너로 하여
세상이 초록빛으로 변했다면
아마 너는 나를
거짓말쟁이라 할 것이다

너로 하여
세상이 갑자기 신바람 나는 세상이 되었다면
역시 너는 나를
거짓말쟁이라 할 것이다

너를 얻은 뒤부터
세상 전부를 얻은 것 같았다고 말한다면
더더욱 너는 나를
거짓말쟁이라 할 것이다

너로 하여
나의 세상이 서럽고 외로운 세상이 되었다면
그 또한 너는 나를
거짓말쟁이라 할 것이다.

굴참나무 숲에서

늙은 굴참나무숲
늙은 은행나무 새 잎새에서
바람이 알몸을 일으킨다
음악이 흐른다
음악이 날린다

등꽃송이 줄줄이 늘어진 등나무 선반 아래
잔디밭에서 나는 문득
너에게 알맞은 이름 하나를
지어주고 싶다

네 얼굴과
네 눈빛과
네 입술과
네 가슴에 꼭 맞는

이름 하나를
지어주고 싶다

아기참새
아기별
아기꽃
아침 이슬
작은 아씨……

네 얼굴을 생각한다면
아기참새
네 눈빛을 생각한다면
아기별
네 입술을 생각한다면
아기꽃

네 가슴을 생각한다면
아침 이슬……

그러나 나는, 끝내 너에게
꼭 맞는 이름 하나를
찾지 못하고 만다.

네 앞에서 1

너는 내 앞에 있을 때가
제일로 예쁘다

내가 너를 사랑한다는 것을
너도 이미 알고 있기 때문

내 앞에서는 별이 되고
꽃이 되고 새가 되기도 하는 너

나도 네 앞에서는
길고 긴 강물이 되기도 한다.

숲속의 말

우리가 마주 앉아
웃으며 이야기하던
그 나무에는
우리들의 숨결과
우리들의 웃음소리와
우리들의 이야기 소리가
스며 있어서,
스며 있어서,

우리가 그 나무 아래를 떠난 뒤에도,
우리가 그 나무 아래에서
웃으며 이야기했다는 사실조차
까마득 잊은 뒤에도,

해마다 봄이 되면 그 나무는

우리들의 웃음소리와
우리들의 숨결과 말소리를 되받아
싱싱하고 푸른 새잎으로 피울 것이다

서로 어우러져 사람들보다 더
스스럼없이 떠들고 웃고 까르륵대며
즐거워하고 있을 것이다
볼을 부비며 살을 부비며 어우러져
기쁨을 나누고 있을 것이다.

골목길

네 나이 또래의 처녀애들을 보면
내 가슴은 무지갯빛 가슴이 되고
나의 두 눈은 두 자루의 촛불이 된다

햇빛 속에서 햇빛으로 부서져
수런대는 나무잎새 사이 바람으로 부서져
이리로 오는 처녀애들, 처녀애들……

그 눈매 하나하나
그 입술 하나하나
그 머리카락 하나하나
그 팔과 다리 하나하나가
반짝이는 나무잎새 되고
작은 가슴 할딱이는 아기새 되고
이슬 머리 감는 풀잎이 되고

비늘 뒤집는 물고기
튼튼한 지느러미의 물고기 되어
이리로 오느니, 헤엄쳐 오느니……

오, 자랑스런 아름다움이여
우아함이여
네 나이 또래 아이들 앞에서 나는
그저 그득히 고여 출렁이는 바다
바다를 넘는 돛단배일 뿐,

살아 있음이여
내가 살아서 네 앞에서 숨쉼이여
너는 수없이 내 앞을 지나쳐가고
나를 거들떠보지도 않은 채
저희들끼리의 즐거움에 묻혀 흘러가고

목우木偶,

나는 조그만 목우 되어

그 자리에 서기로 한다.

보고 싶은 날

눈이 창밖으로 달린다
귀가 창밖으로 달린다

네 눈빛이 나무나무
부신 나무의 신록이 되어 내 눈을
꼬이기 때문이다

네 숨소리 말소리 발자국 소리가
작은 나무잎새 되어 수런댐 되어 내 귀를
꼬이기 때문이다.

이보다 더 좋은 일은 없다

세상에 와서 가장 기쁜 일은
내가 사람으로 태어나고
너를 만났다는 것
너를 만나고 너를 사랑하고
너와 함께 웃고 이야기하고
무엇보다도 기쁜 일은
너의 마음을 내가 얻었다는 것
나의 마음이 때로
너의 마음속에 가 살기도 하고
너의 마음이 또 나의 마음속으로
이사 오기도 한다는 것
이보다 더 좋은 일은 없다
이보다 더 기쁜 일은 없다.

고백

남몰래 혼자 부르고 싶은 이름을
가졌다는 것은
황홀하도록 기쁜 일이다

남몰래 혼자 생각하고픈 사람을
가졌다는 것은
슬프도록 기쁜 일이다

나 혼자만 생각하다가 잠이 들고
나 혼자만 생각하다가 잠이 깨고픈
사람을 갖는다는 건
행복하도록 외로운 일이다

나를 산의 나무, 들의 풀이라
불러다오

내 몸의 어디를 건드리든지
푸른 풀물 향그런 나무 내음이
번질 것만 같지 않느냐!

나를 조그만 북이라고
불러다오
내 몸의 어디를 건드리든지
두둥둥둥 두둥둥둥
북소리가 울릴 것만 같지 않느냐!

너 보고 싶은 날 2

너 보고픈 날은
바람이 불고
나뭇잎이 바람에 날린다
먼지가 바람에 날린다

너 보고픈 생각 때문에
바람은 불고
산은 푸르고
햇빛은 밝고
하늘 또한 끝없이
높다 해두자
먼지 또한 날린다 해두자

너 보고픈 날은
창문을 닫고

안으로 고리를 잠그기로 한다.

개구쟁이 화가에게

떠나야 할 때를 안다는 것은
슬픈 일이다
잊어야 할 때를 안다는 것은
슬픈 일이다
내가 나를 안다는 것은 더욱
슬픈 일이다

우리는 잠시 세상에
머물다 가는 사람들
네가 보고 있는 것은
나의 흰 구름
내가 보고 있는 것은
너의 흰 구름

누군가 개구쟁이 화가가 있어

우리를 붓으로 말끔히 지운 뒤
엉뚱한 곳에 다시 말끔히 그려 넣어줄 수는
없는 일일까?

떠나야 할 사람을 떠나보내지 못하는 것은
안타까운 일이다
잊어야 할 사람을 잊지 못하는 것은
안타까운 일이다
그러한 나를 내가 안다는 것은 더더욱
안타까운 일이다.

바람 부는 날 1

두 나무가 서로 떨어져 있다 해서
사랑하지 않는 건 아니다
두 나무가 마주 보고 있지 않다고 해서
서로 생각하지 않는 건 아니다

바람 부는 날 홀로
숲속에 가서 보아라
이 나무가 흔들릴 때
저 나무도 마주 흔들린다

그것은 이 나무가 저 나무를
끊임없이 사랑한다는 표시이고
저 나무 또한 이 나무를
쉬지 않고 생각한다는 증거

오늘 너 비록 멀리 있고

나도 멀리 말이 없지만

우리가 서로 사랑하지 않는 건 아니고

서로 생각하지 않는 건 아니다.

너의 총명함을 사랑한다

너의 총명함을 사랑한다
너의 젊음을 사랑한다
너의 아름다움을 사랑한다
너의 깨끗함을 사랑한다
너의 꾸밈 없음과
꿈 많음을 사랑한다

너의 이기심도 사랑해주기로 한다
너의 경솔함도 사랑해주기로 한다
그리고 너의 유약함도 사랑해주기로 한다
너의 턱없는 허영과
오만도 사랑하기로 한다.

꿈속의 꿈

하루의 고달픈 일과를 접고
지금쯤 꿈나라에 가 있을 아이야
부디 꿈속에서 좋은 세상
만나기 바란다

보고 싶은 사람 보고
하고 싶은 일 하고
걱정 없이 웃고 춤추고
노래하기만 하렴
무거운 신발 벗고 맨발로
구름 위를 걷기도 하렴

우리들 세상의
하루하루 날들 또한 꿈
부디 편안한 잠자리

꿈을 꾸고 일어나

내일도 하루 꿈꾸는

세상을 살기 바란다.

기도

노래하는 새였다

웃고 있는 꽃이었다

그러나 눈을 떴을 때

너는 이미 거기 없었다.

초라한 고백

내가 가진 것을 주었을 때
사람들은 좋아한다

여러 개 가운데 하나를
주었을 때보다
하나 가운데 하나를 주었을 때
더욱 좋아한다

오늘 내가 너에게 주는 마음은
그 하나 가운데 오직 하나
부디 아무 데나 함부로
버리지는 말아다오.

그리움 2

가지 말라는데 가고 싶은 길이 있다
만나지 말자면서 만나고 싶은 사람이 있다
하지 말라면 더욱 해보고 싶은 일이 있다

그것이 인생이고 그리움
바로 너다.

그리움 3

더는 참을 수 없다
이제는 먹을 갈아야지.

빈자리

누군가 아름답게
비워둔 자리
누군가 깨끗하게
남겨둔 자리

그 자리에 앉을 때
나도 향기가 되고
고운 새소리 되고
꽃이 됩니다

나도 누군가에게
아름답고 깨끗하게
비워둔 자리이고 싶습니다.

산책

백합꽃 향기 너무 진하여 저녁때
대문이 절로 열렸네.

섬에서

그대, 오늘

볼 때마다 새롭고
만날 때마다 반갑고
생각날 때마다 사랑스런
그런 사람이었으면 좋겠습니다

풍경이 그러하듯이
풀잎이 그렇고
나무가 그러하듯이.

죽림리

하루에도 몇 번씩 찾아가
풀밭에 몸을 눕히곤 하는 날이 많아졌다

지친 것 없이 지친 마음
바닷가에 나가 게를 잡다 돌아온 바람처럼
차악, 풀밭에 몸을 눕히면
한 마리 풀벌레 울음 속에
자취 없는 목숨
차라리 눈물겨워서 좋다

내 이제 그대에게
또 무슨 약속을 드리랴!
해가 지니 대숲에
새삼스레 바람이 일 뿐.

초저녁의 시

어실어실 어둠에 묻히는 길을 따라
가긴 가야 한다
귀또리 소리 아파 쓰러진 풀밭을 밟고
새록새록 살아나는 초저녁 별을 헤이며

그대 드리운 쌍꺼풀 눈두덩의 그늘 속으로,
아직도 고오운 옷고름의 채색구름 속으로,

어실어실 어둠에 묻혀 쓰러지는
길을 따라
날마다 날마다 가지만
결국은 다 못 가기 마련인 그대에게로
어실어실 어둠에 묻혀 가긴 가야 한다
어실어실 어둠에 스며 끝내 그대에게만
가기는 가야 한다.

여행길

떨치고
떠날 수 있음에 감사

무사히
돌아올 수 있음에 더욱 감사

조금만 더 보자
낯선 땅의 산과 들과 꽃들

조금만 더 듣자
낯선 땅의 물소리와 새소리.

여행자에게

풍경이 너무 맘에 들어도
풍경이 되려고 하지는 말아라

풍경이 되는 순간
그리움을 잃고 사랑을 잃고
그대 자신마저도 잃을 것이다

다만 멀리서 지금처럼
그리워하기만 하라.

한밤중에

한밤중에
까닭 없이
잠이 깨었다

우연히 방 안의
화분에 눈길이 갔다

바짝 말라 있는 화분

어, 너였구나
네가 목이 말라 나를
깨웠구나.

방생

아이들이 허공에
종이비행기를 날려 보내듯
강가에 나와 내가 나를
떠나 보낸다

이젠 가봐
이젠 나를 떠나도 좋아
떠나가서 풀밭에 가로눕는
초록의 바람이 되든지
벼랑 위에 뿌리내린 새빨간
단풍나무 이파리가 되든지
네 맘대로 해봐

그동안 힘들었지?
이젠 나를 떠나도 좋아

저것, 저 물고기

저녁 햇살 받아 잠방대는

강물 위에 조그만 물고기들은

조금 전에 나를 떠나간

또 하나의 나이다.

바람이 분다

내 마음은 버들잎인가,
오늘은 바람이 많이 불고
내 마음은 바람 따라 떨고 있다

뉘라서 흐르는 바람을 잡을 수 있고
뉘라서 사랑하는 마음을 볼 수 있으며
뉘라서 변하는 마음을 막을 수 있으랴

오늘, 그리운 너 멀리 있기에
더욱 그리웁고
어리석은 나, 마음을 붙잡을 수 없어
너 보고픈 생각의 노예가 된다

내 마음은 바람개빈가,
오늘은 바람이 많이 불고

내 마음은 바람 따라 돌고 있다.

전화를 걸고 있는 중

바람 부는 날이면
전화를 걸고 싶다
하늘 맑고 구름 높이 뜬 날이면
더욱 전화를 걸고 싶다

전화 가운데서도 핸드폰으로
멀리, 멀리 있는 사람에게
오래, 오래 잊고 살던
이름조차 가물가물한 사람을 찾아내어

잘 있느냐고
잘 있었다고
잘 있으라고
잘 있을 것이라고

아마도 나는 오늘
바람이 되고 싶고
구름이 되고 싶은가 보다
가볍고 가벼운 전화 음성이 되고 싶은가 보다

나는 지금 자전거를 끌고
개울길을 따라가면서
너에게 전화를
걸고 있는 중이다.

눈부신 세상

멀리서 보면 때로 세상은
조그맣고 사랑스럽다
따뜻하기까지 하다
나는 손을 들어
세상의 머리를 쓰다듬어준다
자다가 깨어난 아이처럼
세상은 배시시 눈을 뜨고
나를 향해 웃음 지어 보인다

세상도 눈이 부신가 보다.

네 앞에서 2

나는 네 앞에서
턱없이 나이도 잊고
수줍어하는 소년
얼굴 붉히며
말을 더듬는 소년

무슨 말을 먼저 해야 좋을지?

그러나 너는
내가 말하기도 전에
내 말을 잘도 알아듣는다.

말랑말랑

공기주머니 너는
산소로 가득한
말랑말랑한

고무풍선 너는
향기로 가득한
야튼 말랑말랑한

너를 안아본다
안아본다는
생각만으로도

가슴이 부푼다
나도 고무풍선이 되어
두둥실 떠오른다

허공이 예쁘다

너 때문에 예쁘다

나도 또한 말랑말랑.

숨쉬기 편한 집

기억나니? 공주 한복판 옛날의 거리
버려진 골목길에 들어 있는 찻집
루치아의 뜰
루치아란 세례명 가진 아낙네가
주인인 집

무엇보다도 차 맛이 좋고
차를 마시면서 대접받는 것 같은
느낌을 갖게 해주는 집
아니 그보다도 멍하니
아무 생각도 없이 앉아 있기 좋고
숨쉬기 편한 집

다음에도 우리 거기서 만나자
너랑 처음 만나서

이야기 오래 나눈 집
네 맑은 눈을 오래 들여다보던 집
한동안 안 가면 그리워질 거야
생각나거든 문득 공주에 와.

개울 길을 따라

그 길에 네가 먼저 있었다

개울물이 흐르고 있었고
개울물이 소리를 내고 있었고
꽃이 피어 있었고
꽃이 고개를 흔들고 있었고

저게 누굴까?
몸을 돌렸을 때
처음 보는 사람처럼
낯선 얼굴

네가 너무 예뻤던 것이다
그만 눈이 부셨던 것이다

그 길에서 그날 너는
그냥 그대로 개울물이었고
꽃이었고 또 개울물과
꽃을 흔드는 바람결이었다.

묘비명

많이 보고 싶겠지만
조금만 참자.

힘든 날

젊어서 힘든 날엔 나도
얼른 집으로 돌아가
찬물에 발 닦고 마음도 닦고
잠이나 자야지 그랬었단다

너도 오늘은 힘든 날
얼른 집으로 돌아가
찬물에 발 닦고 마음도 닦고
편안히 쉬렴 잠을 자렴

내일은 또 너를 위해
새로운 해 좋은 해가
바다 위로 두둥실
떠올라줄 것이란다.

IV

흔들리며 어깨동무

오늘의 약속

덩치 큰 이야기, 무거운 이야기는 하지 않기로 해요
조그만 이야기, 가벼운 이야기만 하기로 해요
아침에 일어나 낯선 새 한 마리가 날아가는 것을 보았다든지
길을 가다 담장 너머 아이들 떠들며 노는 소리가 들려 잠시 발을 멈췄다든지
매미 소리가 하늘 속으로 강물을 만들며 흘러가는 것을 문득 느꼈다든지
그런 이야기들만 하기로 해요

남의 이야기, 세상 이야기는 하지 않기로 해요
우리들의 이야기, 서로의 이야기만 하기로 해요
지나간 밤 쉽게 잠이 오지 않아 애를 먹었다든지
하루 종일 보고픈 마음이 떠나지 않아 가슴이 뻐근했다든지

모처럼 개인 밤하늘 사이로 별 하나 찾아내어 숨겨 놓은 소원을 빌었다든지

그런 이야기들만 하기로 해요

실은 우리들 이야기만 하기에도 시간이 많지 않은 걸 우리는 잘 알아요

그래요, 우리 멀리 떨어져 살면서도

오래 헤어져 살면서도 스스로

행복해지기로 해요

그게 오늘의 약속이에요.

서툰 작별

머뭇거림도 없이 훌쩍
네가 떠났을 때
나는 창밖의 안개가 너라고 생각했다
안개 속으로 보이는 산이 너라고 생각했고
안개 속에 추레히 서 있는 나무들이
너라고 생각했다

어쩌면 나는 너를 사랑한 것이 아니라
네가 떠나던 날의 안개를 더 사랑하고
안개 속의 산과 나무들을 더
사랑했는지 모른다

사람보다 안개를 더 사랑하고
안개 속의 산과 나무들을 더 못 잊어 하다니!
어쩌면 나의 사랑은 네가 아니고

언제나 너의 배경이었는지도 모르는 일

왜 이렇게 나의 사랑은

끝까지 서툴기만 한 것이냐!

흔들리며 어깨동무

너무 힘들어하지 마
내가 네 곁에 있잖아
너무 슬퍼하지 마
내가 네 숨소리 듣고 있잖아

네가 한숨을 쉴 때
내가 네 곁에서 함께
한숨 쉬고 있다는 걸
부디 잊지 말아줘

포기는 나쁜 것
어떠한 경우에도
포기해서는 안 돼
포기는 안 돼

너무 괴로워하지 마

내가 네 곁에 있잖아

흔들리며 어깨동무

우리가 함께 가고 있잖아.

그리움 4

가보지 못한 골목들을
그리워하면서 산다

알지 못한 꽃밭,
꽃밭의 예쁜 꽃들을
꿈꾸면서 산다

세상 어디엔가
우리가 아직 가보지 못한 골목길과
우리가 아직 알지 못하던 꽃밭이
숨어 있다는 것은
그것만으로도 얼마나
희망적인 일이겠니!

만나지 못했던 사람들을

만나기 위해서 산다

세상 어디엔가
우리가 아직 만나지 못한 사람들이
살고 있다는 것은
그것만으로도 얼마나
가슴 두근거려지는 일이겠니!

미루나무 숲길

미루나무 숲길에 키가 큰 바람 불면
키가 큰 그리움 따라와 서성거리고
나도 또한 그 길에 나가 서성였다네
사랑하고 있어요 사랑하고 있어요
누군가의 목소리 혼자 들었네

하늘 맑고 햇빛 밝은 그런 날이면
저 혼자 노래하며 길 떠나는 한 마음 있어
같이 가자 부르면서 따라갔었네
잊지 말아주세요 잊지 말아주세요
누군가의 목소리 맴을 돌았네.

맨발

너의 발을 만져주고 싶다

어찌 꽃밭 길만 걸어왔겠느냐
어찌 순한 파도 머리만 밟고 왔겠느냐

때로는 진흙밭 길 자갈밭 길을 걸어오고
성난 파도 머리를 달래며 왔겠지

그래도 여전히 순하고 부드럽고
향기로운 발, 너의 맨발

너의 맨발을 쓰다듬어주고 싶다.

좋은 아침

내가 세상한테 필요한
사람이라고 생각해보자
눈물이 날 것이다

내가 세상한테 사랑 받는
사람이라고 생각해보자
더욱 눈물이 날 것이다

아침에 문득 받은 전화 한 통
핸드폰 문자 메시지 한 구절이
우리에게 좋은 세상을 약속한다

나는 당신에게 필요한 사람!
당신은 내가 사랑하는 사람!
그렇게 말해보자.

밤비

깊은 밤
얕은 산
낙엽을
적시는
빗소리

까만 밤
하얀 넋
네 가슴
적시는
빗소리.

발에 대한 명상

언제부턴지 모르게 너의 발을 만지고 싶었다
언제부턴지 모르게 너의 발을 만지고 있었다

거칠고 어두운 터널을 지나왔음에도 여전히
부드랍고 깨끗하고 말랑말랑하기만 한 너의 발

우리의 인사법은 나의 두 손으로 너의 발을
한쪽씩 정성스럽게 매만져주는 것

그래 수고했다 고생 많았지 이제 조금은
쉬어도 좋을 거야 멈춰도 좋을 거야

너의 발아래 피어나는 무수하게도 많은 꽃나무 꽃잎들
너의 발에 밟히면서도 여전히 일어서는 풀잎 풀

잎들

그러므로 너의 발은 그 어떤 꽃나무보다도 어여쁜 꽃나무이고

그 어떤 풀잎보다도 보드랍고 싱싱한 풀잎

차라리 대지 바로 그것!

나의 소원을 이루게 해준 너의 발에게 감사한다.

부산역

번번이
태풍 소식을 안고 만나러 간다
부산역
기차에 내리자마자
몰아치는 비바람
저만큼 꽃 한 송이 떴다
비 오는 날에 파랑 치마
그것도 맑은 하늘 진파랑 치마
왈칵 기울어지는 마음
부산 앞바다가 한꺼번에
가슴으로 안겨온다.

오늘 너를 만나

가다가 멈추면
그곳이 끝이고
가다가 만나면
그곳이 시작이다

오늘도 나
가다가 다리 아프게 가다가
멈춘 자리
그곳에서 너를 만났지 뭐냐

너를 만나서 나 오늘
얼마나 좋았는지
행복했는지
사람들은 모를 거다

하늘 높고 푸른
가을 하늘만이 알 것이다
지나는 바람
바람이 머리 쓰다듬는
나무들만 알 것이다.

아침의 부탁

기억 속에
더 많이는
느낌 속에서
서로 잊지 않고
생각한다는 것
생각해준다는 것
그것은 얼마나
고마운 일인가
감사한 일인가
더구나
바쁜 아침 시간
출근하면서
보내온 소식
오늘도
잘 보내세요

그 말은

나도 잘 견딜 테니

당신도

잘 견디라는 부탁.

여름

저기
다섯 개의 꽃잎이
떴네

아니
그 옆에 똑같은 다섯 개의
꽃잎이 또 떴네

그것은
다름 아닌
너의 맨발

빨강색 때로는 파랑색
매니큐어 칠한
너의 발톱.

예전에 하던 짓

애걸복걸하다 지쳤다
이제는 생각도 잘
나지 않는다
얼굴도 희미해지고
목소리도 희미해지고
눈빛은 더욱 멀다
어찌해야 하나
어찌해야 하나
하는 수 없이 또
하늘을 본다
예전에도 하던 짓
되풀이한다
저 하늘 속에
네 모습 있을까
이 바람 속에

네 숨결 들었을까.

눈 위에 쓴다

눈 위에 쓴다
사랑한다 너를
그래서 나 쉽게
지구라는 아름다운 별
떠나지 못한다.

저녁에

저녁에 잠든다는 건
내일의 소망을
가슴에 안는다는 일이고

오늘의 잘못들을
스스로 용서하고
잊는다는 것이다.

등 너머로 훔쳐 듣는 대숲바람 소리

등 너머로 훔쳐 듣는 남의 집 대숲바람 소리 속에는
밤사이 내려와 놀던 초록별들의
퍼렇게 멍든 날갯죽지가 떨어져 있다
어린 날 뒤울 안에서
매 맞고 혼자 숨어 울던 눈물의 찌꺼기가
비칠비칠 아직도 거기
남아 빛나고 있다

심청이네 집 심청이
빌어먹으러 나가고
심봉사 혼자 앉아
날무처럼 끄들끄들 졸고 있는 툇마루 끝에
개다리소반 위 비인 상사발에
마음만 부자로 쌓여주던 그 햇살이
다시 눈 트고 있다, 다시 눈 트고 있다

장승상네 참대밭의 우레 소리도
다시 무너져서 내게로 달려오고 있다

등 너머로 훔쳐 듣는
남의 집 대숲바람 소리 속에는
내 어린 날 여름 냇가에서
손바닥 벌려 잡다 놓쳐버린
발가벗은 햇살의 그 반쪽이
앞질러 달려와서 기다리며
저 혼자 심심해 반짝이고 있다
저 혼자 심심해 물구나무 서 보이고 있다.

광안대교

저승으로 건너갔다가
이승으로 돌아오는 다리인가

멀리서 보아도 가슴 벅차고
가까이서 보면 더욱
숨결이 가빠오는 경개景槪

무지개를 건너는 느낌이
바로 이럴 거야

그리운 사람 보고픈 사람
그 너머 어디쯤 살고 있기에
더욱 애달픈 마음

밤이 오면

불빛이 대신 반짝여주리

그 사람 보고 싶어
잠 이루지 못한 밤
여러 날이었답니다

눈물 글썽이며
그 앞을 서성인 날이 또
여러 날이었답니다.

가을 뜨락

어제 네가
앉았던 자리
오늘은 내가 와
앉아 있단다

노랫소리에 문득
떨어지는
감나무 이파리
주황빛 얼룩

오늘 내 마음이
그런가 싶단다.

사는 일

1

오늘도 하루 잘 살았다
굽은 길은 굽게 가고
곧은 길은 곧게 가고

막판에는 나를 싣고
가기로 되어 있는 차가
제 시간보다 일찍 떠나는 바람에
걷지 않아도 좋은 길을 두어 시간
땀 흘리며 걷기도 했다

그러나 그것도 나쁘지 아니했다
걷지 않아도 좋은 길을 걸었으므로
만나지 못했을 뻔했던 싱그러운
바람도 만나고 수풀 사이

빨갛게 익은 멍석딸기도 만나고
해 저문 개울가 고기비늘 찍으러 온 물총새
물총새, 쪽빛 날갯짓도 보았으므로

이제 날 저물려 한다
길바닥을 떠돌던 바람은 잠잠해지고
새들도 머리를 숲으로 돌렸다
오늘도 하루 나는 이렇게
잘 살았다.

2
세상에 나를 던져보기로 한다
한 시간이나 두 시간

퇴근 버스를 놓친 날 아예

다음 차 기다리는 일을 포기해버리고
길바닥에 나를 놓아버리기로 한다

누가 나를 주워가줄 것인가?
만약 주워가준다면 얼마나 내가
나의 길을 줄였을 때
주워가줄 것인가?

한 시간이나 두 시간
시험 삼아 세상 한복판에
나를 던져보기로 한다

나는 달리는 차들이 비껴 가는
길바닥의 작은 돌멩이.

붓꽃

슬픔의 길은
명주실 가닥처럼이나
가늘고 길다

때로 산을 넘고
강을 따라가지만

슬픔의 손은
유리잔처럼이나
차고도 맑다

자주 풀숲에서 서성이고
강물 속으로 몸을 풀지만

슬픔에 손목 잡혀 멀리

멀리까지 갔다가
돌아온 그대

오늘은 문득 하늘
쪽빛 입술 붓꽃 되어
떨고 있음을 본다.

한 사람

아무리 눈을 감고 생각해봐도
한 사람의 이름이 떠오르지 않는다

정말로 내가 힘들고 괴로울 때
문득 찾아가 이야기할
바로 그 한 사람

마음에 가득한 짐짝들
내려놓기도 하고 그것들
잠시라도 맡아줄 한 사람

네가 그 사람이
되어준다면 얼마나 좋을까
내가 너에게 그 한 사람이
된다면 얼마나 좋을까.

사진을 찍으며

너하고 사진 찍을 때마다
나는 마음이 기쁜 게 아니라
슬퍼

아마도 헤어질 시간을 앞두고
바쁘게 서둘러 찍는 사진이라
그럴 거야

살아가는 일이 하루하루
인생이 그대로
헤어짐이고 슬픔이고 또
오래인 기다림이라
그럴 거야

부디 우리가 오늘

헤어짐도 슬픔도
기다림까지도
행복이라 여기며 살자
생명의 축복이라 여기며 살자

내일을 믿는다
오늘을 믿고 또
너를 믿는다
살펴주실 누군가
크신 분의 손길을 믿는다.

잠시 만남

너 만나고
헤어진 게
마치 꿈만 같아

그러나
꿈이 아니어서
다행이지 뭐니

꿈이라면
두 번 다시
같은 꿈
꿀 수 없지만

꿈이 아니기에
다시 만날 수 있고

혼자 오래

생각할 수도 있으니 말야.

숲속에 그 나무 아래

숲속에 그 나무 아래
우리들의 나뭇잎은 떨어져 있을 것이다
떨어져 썩고 있을 것이다
그날의 그 우리들의 숨소리, 발자국 소리,
익은 알밤이 되어 상수리나무 열매가 되어
썩은 나뭇잎 아래 싹을 틔우고 있을 것이다

어차피 우리는 이승에서 남남인걸요
마음만 마주 뜨는 보름달일 뿐,
손끝 하나 닿을 수 없는
산드랗게 먼 하늘인걸요
안 돼요 안 돼요 안 돼요 안 돼요
한사코 흐르는 물소리 물소리……
덤불 속으로 기어드는 저기 저 까투리 까투리……

숲속에 그 나무 아래
우리들의 나뭇잎은
떨어져 쌓여서 썩고 있을 것이다
새싹을 틔우는 거름이 되고 있을 것이다
아름다운 우리의 또 다른 여름을
아름다운 우리의 또 다른 가을을 꿈꾸며
저 혼자서 꿈꾸며.

저녁 해

저녁 해는 짧다
짧아서 아름답다
아름다워서 눈부시도록 아름답다

너의 저녁 해도 짧다
여전히 아름답지만
때로는 지쳐 있고 우울하다

나는 본다 너의 저녁 해 아래
불끈 솟아오르는 또 하나
검붉은 해가 숨어 있음을

한 시절 나에게도 그런
저녁 해가 있었다
그러나 나는 그것을 오래 알지 못했다

그러니 너는 알아야 한다
너의 저녁 해에는 너도 모르는
힘이 숨어 있음을

그러니 너도 살아라
너의 저녁 해가 눈부시도록
서럽도록 눈부실 때까지 말이다.

기도한다

예쁨보다는 귀여움
귀여움보다는 부드러움

다시금
부드러움보다는 따스함

너의 부드러움을 위하여
너의 귀여움을 위하여

끝내 너의
예쁨을 위하여.

내가 너를

내가 너를
얼마나 좋아하는지
너는 몰라도 된다

너를 좋아하는 마음은
오로지 나의 것이요,
나의 그리움은
나 혼자만의 것으로도
차고 넘치니까……

나는 이제
너 없이도 너를
좋아할 수 있다.

뒷모습

뒷모습이 어여쁜
사람이 참으로
아름다운 사람이다

자기의 눈으로는 결코
확인이 되지 않는 뒷모습
오로지 타인에게로만 열린
또 하나의 표정

뒷모습은
고칠 수 없다
거짓말을 할 줄 모른다

물소리에게도 뒷모습이 있을까?
시드는 노루발풀꽃, 솔바람 소리,

찌르레기 울음소리에게도
뒷모습은 있을까?

저기 저
가문비나무 윤노리나무 사이
산길을 내려가는
야윈 슬픔의 어깨가
희고도 푸르다.

더 많이 걱정

오전에 여러 차례 전화
했으나 받지를 않아 걱정
겨우 오후에 통화되었지만
목소리 너무 가라앉아 있어
더 많이 걱정

부디 아무 일 없기를!
어려운 일이 있다 해도
견딜 만한 일이고
건너뛰어 극복할 수 있기를!

중요한 건 마음이야
마음의 평화야
흔들리는 마음 있어도
다잡아 고삐를 잡고

마음에 안정 있기를 빌어

언제나 네 생각 하면
바람 앞에 촛불이고
가들가들 태풍 속
작은 나뭇잎이란다.

핸드폰

핸드폰은 아이스크림이나 더운 여름날 청량음료만 같아
먹으면 먹을수록 더욱 입에 땡기고 목이 마른
아이스크림이나 청량음료 말야
카톡으로 문자 보내고 이내 무슨 소식이 없나
핸드폰 열고 기웃거리는 이 조바심을 좀 보아
그런데 정작 너는 핸드폰 집에 두고
도서관 가서 종일 책 읽다가 돌아왔다니
그 얼마나 의젓하고 예쁜 모습인가 말야
요즘은 마음이 안정되어 생활이 평화롭고 즐거워요
집에 핸드폰 두고 도서관 갔다 오는 바람에 이내
문자 읽지 못했어요
다음 날 아침에야 읽은 너의 문자 내용
오늘은 멀리 치맛자락 날리며 강변이나 들판 어디쯤
꽃구경 봄 마중 나가고 있는 네가 보여

하늘하늘 나부끼는 너의 망사 얇은 치맛자락
뒷모습 기인 머리카락 물결까지도 보여
의젓해 네가 너무 자랑스러워.

서정시인

다른 아이들 모두 서커스 구경 갈 때
혼자 남아 집을 보는 아이처럼
모로 돌아서서 까치집을 바라보는
늙은 화가처럼
신도들한테 따돌림당한
시골 목사처럼.

배회

1

사랑하는 사람아, 너는 모를 것이다
이렇게 멀리 떨어진 변방의 둘레를 돌면서
내가 얼마나 너를 생각하고 있는가를

사랑하는 사람아, 너는 까마득 짐작도 못 할 것이다
겨울 저수지의 외곽 길을 돌면서
맑은 물낯에 산을 한 채 비쳐보고
겨울 흰 구름 몇 송이 띄워보고
볼우물 곱게 웃음 웃는 너의 얼굴 또한
그 물낯에 비쳐보기도 하다가
이내 싱거워 돌멩이 하나 던져 깨뜨리고 마는
슬픈 나의 장난을.

2

솔바람 소리는 그늘조차 푸른빛이다
솔바람 소리의 그늘에 들면 옷깃에도
푸른 옥빛 물감이 들 것만 같다

사랑하는 사람아,
내가 너를 생각하는 마음조차 그만
포로소름 옥빛 물감이 들고 만다면
어찌겠느냐 어찌겠느냐

솔바람 소리 속에는
자수정 빛 네 눈물 비린내 스며 있다
솔바람 소리 속에는
비릿한 네 속살 내음새 묻어 있다

사랑하는 사람아,

내가 너를 사랑하는 이 마음조차 그만

눈물 비린내에 스미고 만다면

어찌겠느냐 어찌겠느냐.

3

나는 지금도 네게로 가고 있다

마른 갈꽃 내음 한 아름 가슴에 안고

살얼음에 버려진 골목길 저만큼

네모난 창문의 방 안에 숨어서

나를 기다리는

빨강 치마 흰 버선 속의 따스한 너의 맨발을 찾아서

네 열 개 발가락의 잘 다듬어진 발톱들 속으로

지금도 나는 네게로 가고 있다

마른 갈꽃송이 꺾어 한 아름 가슴에 안고

처마 밑에 정갈히 내건 한 초롱

네 처녀의 등불을 찾아서

네 이쁜 배꼽의 한 접시 목마름 속으로

기뻐서 지줄대는 네 실핏줄의 노래들 속으로.

두 개의 지구

네 앞에서 오늘 나는
새롭게 태어나는 지구

내 앞에서 너도 오늘
새롭게 태어나는 지구

귀 기울여 듣지 않아도
들린다

두 개의 지구가 마주
숨을 쉬는 소리

너의 귀에만 들리고
나의 귀에만 들리는 소리.

새해 아침의 당부

올해도 잘 지내기 바란다
내가 날마다 너를 생각하고
하나님께 너를 위해 부탁하니
올해도 모든 일 잘 될 거야

다만 너는 흐트러짐 없이
또박또박 걸어서 앞으로
앞으로 가기만 하면 돼
분명 네 앞에 푸른 풀밭이 열리고
드넓은 들판이 기다려줄 거야

다만 너는 그 풀밭 그 들판
사이로 난 길을 천천히
걸어가기만 하면 돼
의심하지 마라 걱정하지 마라

네가 가는 길 보이지 않는 또 다른
네가 함께 가줄 것을 믿어라.

태풍 다음 날

태풍 지나간 뒤 가을 햇빛
고추장 단지 위에 빛나고

단지 옆 봉숭아 통통
물이 오른 허벅지 위에 빛나고

멀리 안 보이는 곳
네 마음에도 빛나기를!

더욱이 네가 가는 타박타박
발걸음 그 아래 빛나주기를!

내일의 소망

아파도 참아
아파도 조금만 참아줘
조금만 참으면 분명
좋아질 거야

힘들어도 기다려
힘들어도 조금만 기다려줘
조금만 기다리면 분명
좋아질 거야

좋아지면
잘 참아준 너 자신이
고마울 거야
끝까지 기다려준 너 자신이
대견해질 거야

그래서 웃게 될 거야
웃고 있는 너를 보고 싶어
그것이 내가 내일을 받돋움하는
조그만 소망이란다.

너의 발

번번이 너의
발에게 감사한다

여기까지 너를 잘
데리고 온 너의 발

너를 너이게 하고
너를 꽃으로 만들어주는 발

너의 발을 쓰다듬으며
칭찬한다

잘했다 잘했어
참 잘했어요

앞으로도 이 사람을

잘 좀 부탁하자.

이십 대

너는 맑은 샘물
바라보기만 해도
철렁 고이는 마음

너는 숨 쉬는 초록
곁에 두기만 해도
파르르 떨리는 마음

그러나 나는
너의 샘물 흐려질까 봐
너의 초록 지워질까 봐

잠시 네 곁에 서 있다가
조심조심 발길 옮긴다
그래도 난 외롭지 않단다.

떠나는 봄

거기도 봄이
왔다가 갔느냐?
여기도 봄이 왔다가
떠나는 중이란다

영춘화 수선화 복수초
노오란 꽃송이 속에
숨어서 웃던 너

지금은 명자꽃 복숭아
자목련 꽃송이 속에서
웃고 있는 너

떠나더라도 조금 더
오래 머물다 천천히

천천히 가기 바란다.

V

청춘을 위한 자장가

새로운 별

마음이 살짝 기운다
왜 그럴까?
모퉁이께로 신경이 뻗는다
왜 그럴까?
그 부분에 새로운 별이 하나
생겼기 때문이다
아니다, 저편 의자에
네가 살짝 와서 앉았기 때문이다
길고 치렁한 머리칼 검은 머리칼
다만 바람에 날려
네가 손을 들어 머리칼을
쓰다듬었을 뿐인데 말이야.

첫 출근

월요일 첫 출근
좋겠다
낯설고 설레겠다
모르는 사람들
만나러 가는 길
서툰 일
하러 가는 길
발길에 차이는
이슬방울
차라리 네가
이슬방울이 되어
모르는 사람들
서툰 일들에
스며라
하나가 되어라

네 뒤에서

내가 웃는다

멀리 기원

박수를 보낸다.

청춘 앞에

너는 나의 입술
내가 말하지 않는 것까지 말하고

너는 나의 귀
내가 말하고 싶은 것까지 미리 듣는다

내일 날 나의 가슴이 되어 느끼고
나의 발이 되어 낯선 곳을 찾아라

이런 너 한 사람 지구에 살아
숨 가쁜 지구도 여전히 견딜 만하고

나 또한 너를 따라 지구를 따라
아직은 내일의 소망 끈 놓지 못한다.

맑은 날 2

오늘 날이 맑아서
네가 올 줄 알았다
어려서 외갓집에 찾아가면
외할머니 오두막집 문 열고
나오시면서 하시던 말씀

오늘은 멀리서 찾아온
젊고도 어여쁜 너에게
되풀이 그 말을 들려준다
오늘 날이 맑아서
네가 올 줄 알았다.

미루나무 길

여름날 한낮이었지요
그대와 둘이서 길을 걸었지요
그대는 양산을 받고 나는 빈손으로

햇빛이 따가우니 그대
양산 밑으로 들어오라 그랬지만
끝내 나는 양산 밑으로
들어가지 않았지요

그렇게 먼길을 걸었지요
별로 말도 없었지요
이런 모습을 줄지어 선
미루나무들이 보고 있었지요

그런 뒤론 우리들 마음속에도

미루나무 줄 지어선 길이 생기고
우리들도 미루나무 두 그루가 되었지요
오래오래 그렇게 되어버렸지요.

바다를 준다

가슴속 깊이 마셔지는
습하고도 후끈한 공기
내가 살아 있다는 느낌

코끝에 얹히는
조금은 삐딱한 비린내
내가 싱싱하다는 느낌

가끔은 시원한 푸른 바람
나에게도 날개가 있으면
얼마나 좋을까 그런 상상.

발을 위한 기도

이 발을 지켜주소서

이 발이 더 좋은 곳에
가게 하시고
이 발이 더 아름다운 곳을
찾게 하소서

비록 이 발이
원치 않는 곳에 머물지라도
이 발의 주인을 지켜주시고
힘 드는 일 살피소서

진정으로 좋은 날 어여쁜 날
좋은 발 어여쁜 발로 다시
이곳에 이르게 하소서.

선물 1

하늘 아래 내가 받은
가장 커다란 선물은
오늘입니다

오늘 받은 선물 가운데서도
가장 아름다운 선물은
당신입니다

당신 나지막한 목소리와
웃는 얼굴, 콧노래 한 구절이면
한 아름 바다를 안은 듯한 기쁨이겠습니다.

어머니 말씀의 본을 받아

어려서 어머니 곧잘 말씀하셨다
얘야, 작은 일이 큰일이다
작은 일을 잘하지 못하면 큰일도 잘하지 못한단다
작은 일을 잘하도록 하려무나

어려서 어머니 또 말씀하셨다
얘야, 네 둘레에 있는 것들을 아끼고 사랑해라
작은 것들 버려진 것들 오래된 것들을
부디 함부로 여기지 말아라

어려서 그 말씀의 뜻을 알지 못했다
자라면서도 끝내 그 말씀을 기억하지 않았다
보다 넓은 세상으로 나아가 얼른
더 많은 사람들과 어울려 살고 싶었다

그러나 나는 하루 한 날도
평화로운 날이 없었고 행복한 날이 없었다
날마다 날마다가 다툼의 날이었고
날마다 날마다가 고통과 슬픔의 연속이었다

이제 겨우 나이 들어 알게 되었다
어머니 말씀 속에 행복이 있고
더할 수 없이 고요한 평안이 있었는데
너무나 오랫동안 그것을 잊고 살았다는 것을

그리하여 나 젊은 사람들에게 말하곤 한다
작은 일이 큰일이니 작은 일을 함부로 하지 말아라
네 주변에 있는 것들이며 사람들을 소중히 여겨라
어머니 말씀의 본을 받아 타일러 말하곤 한다

지금껏 우리는 인생을 어떻게 살아야 할 것인가보다는
무엇을 위해 살아야 하는가에 목을 매고 살았다
기를 쓰고 무엇인가를 이루려고만 애썼다
명사형 대명사형으로만 살려고 했다

보다 많이 형용사와 동사형으로 살았어야 했다
남의 것을 부러워하기보다는 내 것을 더 많이
사랑하고 아끼고 소중히 여기며 살았어야 했다
내가 얼마나 귀한 사람인가를 처음부터 알았어야 했다

당신의 행복은 어디에 있는가?
애당초 그것은 당신 안에 있었고
당신의 집에 있었고 당신의 가족, 당신의 직장 속에 있었다
이제부터 당신은 그것을 찾기만 하면 되는 일이다.

구름이 보기 좋은 날

머리 위에 깍지 베개를 하고
의자에 기대어 구름을 보고
하늘을 보고 있을 때
누군가 와서 묻는다
지금 뭐하세요?

나 지금 일하고 있는 중이야
나에겐 쉬는 것도 일이고
자는 것도 일이고 하늘 보고
구름 보는 것도 일이야

그러하다
나에겐 날마다 책을 보고 글을 쓰고
강연하는 것만 일이 아니고
노는 것도 일이고

아무 일도 하지 않는 것도 일이란 사실!

일찍이 알았어야 했다
더구나 너를 생각하고
너를 사랑하는 일은 더욱
중요한 일이란 사실!

맑은 날 하늘과
하늘에 뜬 구름이 나에게
가르쳐준다.

길거리에서의 기도

길거리에서
바람 부는 길거리에서
먼길 채비하는 너의 발을 잡고
기도를 한다

이 발에 축복 있으소서
가호 있으소서
먼길 가도 부디
지치지 않게 하시고

어려운 일 파도를 지나
다시 밝은 등불 켜지는
이 거리 이곳으로
끝내 돌아오게 하소서

그러면 금세 너는
한 마리 기린이 되기도 한다
키가 크고 다리도 튼튼한
기린 말이다

성큼성큼 걸어서 그래
빌딩 사이 별 밭 사이
머나먼 길 떠났다가
다시 내 앞으로 돌아오거라.

갈애渴愛

만나면 만날수록 마음이 더욱
무겁다

보면 볼수록 마음이 더욱
안쓰럽다

헤어지고서도 이내
보고 싶어진다

괴롭기까지 하다
성가시기까지 하다

하지만 그 마음이 등불이고
보석임을 끝내 놓지 못한다.

조그만 웃음

너무 예쁘게 웃지 마라
그렇게 예쁘게 웃으면
네가 꽃이 된다

너무 예쁘게 손짓하지 마라
그렇게 예쁘게 손짓하면
네가 새가 된다

나는 네가 아주
꽃이 되는 것보다
새가 되어
날아가버리는 것보다

이대로 내 앞에
있는 것이 좋다

더 오래 더 예쁘게 조그맣게.

봄밤

그래

네

생각만 할게.

*잠이 감정조절의 기능이 있대요. 푹 자고 일어나면 한결 좋아질 거예요. 아무 생각 말고 푹 주무세요. 깊은 밤 시각 네가 카톡으로 들려준 말 한마디. 그래 네 생각만 하면서 잠을 잘게. 스스로 말을 하고 그 말에 마음이 편해지고 구원의 강물을 만난다.

선물 2

나에게 이 세상은 하루하루가 선물입니다
아침에 일어나 만나는 밝은 햇빛이며 새소리,
맑은 바람이 우선 선물입니다

문득 푸르른 산 하나 마주했다면 그것도 선물이고
서럽게 서럽게 뱀 꼬리를 흔들며 사라지는
강물을 보았다면 그 또한 선물입니다

한낮의 햇살 받아 손바닥 뒤집는
잎사귀 넓은 키 큰 나무들도 선물이고
길 가다 발밑에 깔린 이름 없어 가여운
풀꽃들 하나하나도 선물입니다

무엇보다도 먼저 이 지구가 나에게 가장 큰 선물이고
지구에 와서 만난 당신,

당신이 우선적으로 가장 좋으신 선물입니다

저녁 하늘에 붉은 노을이 번진다 해도 부디
마음 아파하거나 너무 섭하게 생각지 마셔요
나도 또한 이제는 당신에게
좋은 선물이었으면 합니다.

성공한 사람

모르면 몰라도
성공한 사람이란
청소년 시절 그가 가졌던 꿈
자기가 되고 싶었던
자기에 대한 생각을
평생 잊어버리지 않고
가슴속에 간직하면서 살아
나이 든 사람이 되었을 때
비로소 그 사람을 자기 안에서
만나는 사람일 거야
그 사람이 되기 위해
끊임없이 노력하는 사람일 거야
그래 너의 꿈은 무엇이니?
네가 되고 싶은 사람은
어떤 사람이니?

부디 그 사람을 나중에

너도 만나기 바란다

나도 지금, 그 사람을

만나러 가는 중이란다.

새사람

새해 새날입니다
어제 뜬 해 다시 뜨지만
새해 새날입니다

어찌 새해 새날입니까?
새 마음 새로운 생각이니
새해 새날입니다

삼백예순다섯 개
우리 앞에 펼쳐질
디딤돌이거나 징검다리

그 많은 날들을
우리는 하나하나 정성으로
건너가야 합니다

그리하여 삼백예순다섯 날
모두 보낸 다음 스스로
말할 수 있어야 합니다

잘했다 참 잘했다
그것으로 충분했다
후회가 없어야 합니다

새해 새날입니다
새로운 마음 새로운 생각
우리 모두 오늘은 새사람입니다.

어버이날

고마워요
그냥 엄마가 내 엄마인 것이
고마워요

고맙구나
그냥 네가 내 아들인 것이
고맙구나.

참말로의 사랑은

참말로의 사랑은
그에게 자유를 주는 일입니다
나를 사랑할 수 있는 자유와
나를 미워할 수 있는 자유를 한꺼번에
주는 일입니다
참말로의 사랑은 역시
그에게 자유를 주는 일입니다
나에게 머물 수 있는 자유와
나를 떠날 수 있는 자유를 동시에
따지지 않고 주는 일입니다
바라만 보다가
반쯤만 눈을 뜨고
바라만 보다가.

능금나무 아래

한 남자가 한 여자의 손을 잡았다
한 젊은 우주가 또 한 젊은
우주의 손을 잡은 것이다

한 여자가 한 남자의 어깨에 몸을 기댔다
한 젊은 우주가 또 한 젊은
우주의 어깨에 몸을 기댄 것이다

그것은 푸르른 5월 한낮
능금꽃 꽃등을 밝힌
능금나무 아래서였다.

청춘을 위하여

힘들지?
힘들었지?
힘들었을 거야

내 사랑이
너의 힘듦을
조금이라도
덜어줄 수만 있다면
얼마나 좋을까?

안아줄 수도 없는
안타까움
바라보기에도 힘든
안쓰러움

조금만
기다려보라는 말도
차마 건넬 수 없어
다만 네 발밑에
무릎을 꿇는다.

아침에 일어나

세상의 평가가 어떻든
바깥세상의 결정이 어떻든
스스로 혼자서 안으로 행복하고
자기 할 일을 하겠다는 너의 결정
참으로 훌륭하고 대단해
바로 그거야
네가 드디어 찾아낸 너의 삶의 방법을
나는 전적으로 찬성하고 지지해
끝까지 응원할 거야
수정처럼 맑고도 아름다운 너의 영혼이
혼자서 외롭지만 당당하게
멀리까지 가는 너의 모습을 보고 싶어
그리하여 끝내 네가 바라는 성공을
만나는 순간을 보고 싶어
너는 참 사랑받을 만한 사람이야

그럴 자격이 있는 사람이야
내가 너를 사랑하기를 잘했구나 싶어
네가 오늘도 아름답게 씩씩하게
당당하게 앞으로 걸어가는 모습이
눈에 보이는 듯해
참으로 믿음직하고 고마워
너는 나의 사랑뿐만 아니라
더 많은 사람들의 사랑을 받을 거야
사람들뿐만 아니라 하늘도 땅도 너를
사랑해줄 것이고
나무나 풀들, 바람이나 새들까지도
너를 응원하고 사랑해줄 거야
너를 만나기만 하면 강물이나 바다까지도
너를 안아주고 사랑해줄 거야
자, 오늘은 새날, 그리고 너는 새사람

너의 오늘 하루 오늘의 시간들

그 모든 것들을 축복하며 기뻐한다.

추억에게

비행기라도 밤 비행기
비행기 안에서 잠든 너
곤한 눈썹 내리감고
깊이 잠든 너

비행기 의자가 안아주고
비행기 날개가 안아주고
밤하늘의 공기
밤하늘의 별들까지 안아주어
곤하게 잠든 너

어찌 예쁜 그림이 아니었겠니!
그건 아직도 내 마음에
지워지지 않은 채
그대로 남아 있는 그림이란다.

억지로

—중학생들에게

책 읽기 좋아하는 사람 애당초 없단다
억지로 읽다 보면 책 읽기 좋아하는
사람이 되기도 하고

착한 일 하기 좋아하는 사람 또한 없단다
억지로 착한 일 한두 번 해보면
착한 일 하는 사람 되기도 한단다

마찬가지로 이 세상은
천국이 아니고 사람은 누구나 천사가 아니란다
다만 세상이 천국이라고 믿고
살아가는 사람에게 때로 천국이 허락되고

천사로 살아야지 억지로 결심하고
억지로 천사처럼 살다 보면

다른 사람에게 천사로 보일 때도 있는 거란다
그건 나도 마찬가지란다.

꽃들아 안녕

꽃들에게 인사할 때
꽃들아 안녕!

전체 꽃들에게
한꺼번에 인사를
해서는 안 된다

꽃송이 하나 하나에게
눈을 맞추며
꽃들아 안녕! 안녕!

그렇게 인사함이
백번 옳다.

중학생을 위하여

하루에 세 번씩 반성하고
세 번씩 자신을 꾸중하라는 말씀은
오래전 옛말이다

오히려 하루에 세 번씩
자기가 한 일을 돌아보고
세 가지를 칭찬하라

나는 오늘도 밥을 잘 먹었다
학교에 결석하지 않고 나왔다
친구들이랑 다투지 않았다

정이나 칭찬할 것이 없으면
네 굵고도 튼튼한 다리를
칭찬하라

그 다리로 하여 너는
대지를 굳게 딛고 서 있는 것이고
멀리까지 갈 수도 있는 것이다

이 얼마나 장한 일이냐!
이러한 생각 속에서
너의 세상이 달라질 것이다.

다시 중학생에게

사람이 길을 가다 보면
버스를 놓칠 때가 있단다

잘못한 일도 없이
버스를 놓치듯
힘든 일 당할 때가 있단다

그럴 때마다 아이야
잊지 말아라

다음에도 버스는 오고
그다음에 오는 버스가 때로는
더 좋을 수도 있다는 것을!

어떠한 경우라도 아이야

너 자신을 사랑하고

이 세상에서 가장 귀한 것이

너 자신임을 잊지 말아라.

소년에게

너무 일찍 찾아오는 봄은
인생을 시들게 만든다
꽃샘추위 속에서 피어난
꽃들을 보지 않았니?
눈 속에 피어난 설중매
산골에 진달래, 더러는 복숭아꽃

아이들아 너무 일찍
꽃 피우고 싶어 조바심하지 말아라
젊은 영웅은 정말로의 영웅이 아니란다
진정한 영웅은 늙은 영웅
명예도 늙은 명예가 더욱 단단하고
결이 곱고 반짝이는 법이란다

인생, 끝까지 가볼 일이다

그 길 끝에서 네 자신이 꿈꾸는
또 하나의 네가 웃으며
너를 맞아주기를 바란다.

가난한 소망

오늘도
힘들게 힘들게 하루가 갔다
지구를 두 팔로 안아 들어 올리듯
힘들게 힘들게 하루를 보냈다

그건 아마 너도 그랬을 터
뱃멀미 거센 파도와 바람 무릅쓰고
먼바다 흔들리는 먼바다 나가
얼마나 많은 고기를 잡아 왔을까

그렇지만 아이야
잡은 고기가 비록 많지 않고
이룬 일 비록 많지 않아도
하루를 마음 졸여 무사히
잘 보낸 것만 우선 고마워하자

지금은 또다시 저녁
어둠이 우리의 피곤한 몸과 마음
감싸 안아 쉬게 한다
쉬어라 쉬어라 타일러준다

밤이 가면 다시금
해가 뜨고 새 아침
다시 잠에서 깨어 배를 타고
세상 깊숙이 떠나가야지
그것이 오늘은 옹색한 대로
우리의 소망이고 꿈이다.

독서

독서는 건강한 수면제
하루 일과를 끝내고
목욕을 하고 기도까지 마치고
한 시간이나 30분
책을 읽는다

쭈그리고 앉아서
엎드려서, 바로 누워서
책을 읽다가 책을 손에 쥐거나
얼굴에 얹고 잠을 자는 버릇은
어려서 외할머니네 집에
얹혀서 살 때부터의 버릇

천천히 잠이 책이 되고
책이 내가 된다

드디어 나는 책 속으로 들어가
책 속의 길을 걷는다
우거진 나무 수풀이다
수풀을 따라 길이 나 있다
길 위에 별들도 떴다.

자기를 함부로 주지 말아라

자기를 함부로 주지 말아라
아무것에게나 함부로 맡기지 말아라
술한테 주고 잡담한테 주고 놀이한테
너무 많은 자기를 주지 않았나 돌아다보아라

가장 나쁜 것은 슬픔한테 절망한테
자기를 맡기는 일이고
더욱 좋지 않은 것은 남을 미워하는 마음에
자기를 던져버리는 일이다
그야말로 그것은 끝장이다

그런 마음들을 거두어들여
기쁨에게 주고 아름다움에게 주고
무엇보다도 사랑하는 마음에게 주라
대번에 세상이 달라질 것이다

세상은 젊어지다 못해 어려질 것이고
싱싱해질 것이고 반짝이기 시작할 것이다

자기를 함부로 아무것에나 주지 말아라
부디 무가치하고 무익한 것들에게
자기를 맡기지 말아라
그것은 눈 감은 일이고 악덕이며
인생한테 죄짓는 일이다

가장 아깝고 소중한 것은 자기 자신이다
그러므로 보다 많은 시간을 자기 자신한테
주는 데 주저하지 말아야 할 일이다
그것이 날마다 가장 중요한
삶의 명제요 실천 강령이다.

참나무 숲길 1

참나무 숲길을 걷고 있었다
노랗게 물이 들기 시작하는 참나무 이파리 사이로
파아란 강물의 엽맥이 드러나 보이고
바람이 불 때마다 가랑잎은 참나무 가지 끝에서
거짓말로만 바스락 바스락 떨어질 듯이
소리를 내고 있었다
길이 결코 비좁은 것도 아닌데
네 어깨가 자주 부딪쳐왔다

네 머리칼에선 갓 끓인 커피 냄새가 나는구나
오머, 별말씀을……
네 눈은 동해바다 물빛보다도 더 맑고 깊구나
오머머, 선생님……
어깨걸이 기인 가방끈을 덜렁거리며

참나무 숲속 길로 달아나는 너는
망아지, 망아지, 젖떨어진 망아지,
내 가슴의 풀밭을 달려가다오
오, 귀여운 망아지야.

참나무 숲길 2

바람이 분다
바람이 불 때마다 오솔길에 떨어져 누운 나뭇잎들이
속살거린다
쓸쓸히 아주 쓸쓸히

너는 열여덟 살
집에서 엄마가 기다릴 나이
나는 설흔여섯
집에 가면 아내와 아이가 있는 사람

어쩔 거나 바람이 부는데
낙엽들은
춥다, 가까이 오라, 가까이 오라
속살이는데

선생님 우리는 이제 돌아가야만 하나요?
아암 돌아가야 하구말구
이렇게 둘이만 있으면
말이 없이도 서로 즐겁기만 한데두요?
아암 그렇구말구

바람이 분다
바람이 불 때마다 골짜기에 떨어져 구르는
낙엽들이 속살거린다
춥다, 가까이 오라, 너는 가까이 더 가까이 오라.

그 아이

안으면
뽀도독
눈 밟히는
소리 나겠다

아침마다
약수터 가는
길목에서
마주치는
그 아이,

검은 눈썹
하얀 이마
가늘은 모가지
그 아이,

따라갈까

말까

나도 그만한 나이엔

그랬었는데.

젊은 영혼에게

어쩌면 좋으냐
저 여린 발
저 가느다란 팔
저 부드러운 손
다만 가느다란 손가락
저 발에
저 팔에
저 손에
저 손가락에
가득 쇠고랑이 채워졌으니
저걸 누가 나서서
풀어주나?
다만 멀리서
울먹이며 바라보며
눈이 붉어질 따름이라네.

혼자서

무리 지어 피어 있는 꽃보다
두셋이서 피어 있는 꽃이
도란도란 더 의초로울 때 있다

두셋이서 피어 있는 꽃보다
오직 혼자서 피어 있는 꽃이
더 당당하고 아름다울 때 있다

너 오늘 혼자 외롭게
꽃으로 서 있음을 너무
힘들어하지 말아라.

가을편지

사랑한다는말을

끝까지아끼면서

사랑한다는말을

하기는어려웠다.

너를 보낸다

잘 가고 있겠지
그래 잘 가고 있을 거야

어디만큼 갔을까?
그래 거기만큼 가고 있을 거야

내가 모르는 장소
내가 모르는 시간

하늘 보며
하늘의 구름 보며

너를 꿈꾼다
손을 흔든다.

3월에 오는 눈

눈이라도 삼월에 오는 눈은
오면서 물이 되는 눈이다
어린 가지에
어린 뿌리에
눈물이 되어 젖는 눈이다
이제 늬들 차례야
잘 자라거라 잘 자라거라
물이 되며 속삭이는 눈이다.

우리들의 푸른 지구 1

내가 너를 생각하는 동안만
지구는 건강하게 푸르다

내가 너를 사랑하는 동안만
우주는 편안하게 미소 짓는다

오늘 비록 멀리 있어도 우리는
결코 멀리 있는 것이 아니다

푸르고 건강한 지구
그 숨결 안에서 우리들 또한 푸르다.

4월 상순

1

꽃 지고 새로 솟는
여리디여린 굴참나무
단풍나무 새잎 속에는
쓸쓸히 아주 쓸쓸히
멀어지는 한 사람이 보인다

차마 잡아볼 요량도 없이
매몰차게 뿌리치고 돌아서는
발부리가 보인다

우북하게 자라난 보리밭 고랑을 지나
주춧돌만 남아 있는 절터를 돌아
희뿌연한 조이창 창문에
울먹이는 어스름 울먹이는 어스름……

얇은 옷자락 바람에 나부끼는

사시나무 아그배나무 새잎 속에는

물소리 데리고 새소리 데리고

절벽 속으로 들어가 자물쇠를 채우는

빛나는 어둠의 튼튼한 두 어깨도 보인다.

2

너무 깨끗한

하늘

미칠 듯

미칠 듯

너무 밝고 환하게 흐르는

햇빛
죄짓지 않고서는
부끄러울 듯 부끄러울 듯

누군가 한숨 소리 대신
휘파람 소리를 보내고 있다

누군가 울음소리 대신
콧노래 소리를 보내고 있다.

축하

하늘을 안아주고

땅을 안아주고

그 남은 힘으로

너까지 안아주고 싶다.

우리들의 푸른 지구 2

사랑한다는 말 대신에 하는 말
우리 오래 만나자

사랑하겠다는 말 대신에 하는 대답
우리 함께 오래 있어요

날마다 푸른 지구
내일 더욱 푸른 지구

오늘은 네가 나에게 지구이고
내가 너에게 지구이다.

우리들의 푸른 지구 3

너의 목소리 출렁
하늘바다에 물결을 일으키고

너의 웃음 고웁게
지구의 마음에 무늬를 만들고

너의 기도 두 손을 모아서
우주의 심장에 붉은 등불을 밝힌다.

다짐

새로 봄이 오면
꽃을 많이 심어야지
그러면 마음이
조금 환해지고

새해에도 너를
여전히 생각할 거야
그러면 마음이
더욱 환해진다

새해를 기다리는
다짐이다.

외롭다고 생각할 때일수록

외롭다고 생각할 때일수록
혼자이기를,

말하고 싶은 말이 많은 때일수록
말을 삼가기를,

울고 싶은 생각이 깊을수록
울음을 안으로 곱게 삭이기를,

꿈꾸고 꿈꾸노니—

많은 사람들로부터 빠져나와
키 큰 미루나무 옆에 서보고
혼자 고개 숙여 산길을 걷게 하소서.

청춘을 위한 자장가

알았어요
우리 귀염이
잘 자요
오늘 당한
힘겨움
어려움
때로는
억울함
다 내려놓고
잘 자요
잘 자렴
잠 속에서는
울먹이지 말고
울지 말고
너 혼자서도

빛나는

별이 되어

지구를

다 차지하고

하늘을

다 가지렴.

사람이 그리운 밤

사람이
사람이
그리운 밤엔
편지를 쓰자

멀리 있어서
그리운 사람
잊혀졌기에
새로운 사람

하늘엔 작은 별이
빛나고
가슴속엔 조그만 사랑이
반짝이누나

사람이

사람이

그리운 밤엔

촛불을 밝히자.

봄나들이

하늘님 부처님
내려와 놀고 계시더라
자두꽃 살구꽃
봉오리 버는 벚꽃
활짝 핀 백목련
꽃구름 속에
꽃궁전 속에
그것도 애기부처님
애기하느님
발가벗고 놀고 계시더라
알몸으로 찬비 맞고서도
추운 줄도 모르시더라
경부고속도로
공주에서 서울까지
오면서 가면서

또다시 세상은
기적이더라
천국이더라
사람들만 그것을
모르고 있더라
눈 감고 있더라.

눈 위에 쓴다,
사랑한다

초판 1쇄 인쇄일 2022년 12월 12일
초판 1쇄 발행일 2022년 12월 30일

지은이 나태주

발행인 윤호권
사업총괄 정유한

편집 박은경　　디자인 전수현
발행처 ㈜시공사　주소 서울시 성동구 상원1길 22, 6-8층(우편번호 04779)
대표전화 02-3486-6877　팩스(주문) 02-585-1755
홈페이지 www.sigongsa.com / www.sigongjunior.com

ISBN 979-11-6925-447-2 03810

*시공사는 시공간을 넘는 무한한 콘텐츠 세상을 만듭니다.
*시공사는 더 나은 내일을 함께 만들 여러분의 소중한 의견을 기다립니다.
*잘못 만들어진 책은 구입하신 곳에서 바꾸어 드립니다.